Ortodoxia y heterodoxia
de la novela policíaca hispana

Juan de la Cuesta
Hispanic Monographs

EDITOR
Tom Lathrop
University of Delaware

ASSOCIATE EDITOR
Alexander R. Selimov
University of Delaware

EDITORIAL BOARD
Samuel G. Armistead
University of California, Davis

Annette Grant Cash
Georgia State Unievsity

Alan Deyermond
*Queen Mary and Westfield College
of the University of London*

Daniel Eisenberg
Regents College

John E. Keller
University of Kentucky

Steven D. Kirby
Eastern Michigan University

José A. Madrigal
Auburn University

Joel Rini
University of Virginia

Donna M. Rogers
Middlebury College

Noël Valis
Yale University

Amy Williamsen
University of Arizona

Ortodoxia y heterodoxia de la novela policíaca hispana: Variaciones sobre el género negro

GENARO J. PÉREZ
Texas Tech University

Juan de la Cuesta
Newark, Delaware

Copyright © 2002 by Juan de la Cuesta—Hispanic Monographs
270 Indian Road
Newark, Delaware 19711
(302) 453-8695
Fax: (302) 453-8601
www.JuandelaCuesta.com

MANUFACTURED IN THE UNITED STATES OF AMERICA

ISBN: 1-58871-012-2

Índice

PREFACIO	9
INTRODUCCIÓN	11
Los pioneros	19
La perspectiva española de Castillo Puche	24
El loco como protagonista:	
Miguel Delibes y Eduardo Mendoza	30
La poética feminista del género	36
El detective gay: Gaylor Rose Flower,	
el detective *gay* de Pgarcía	52
La perspectiva de Gonzalo Torrente Ballester:	
La muerte del decano—¿suicidio,	
asesinato, accidente?	61
Manuel Vázquez Montalbán: Maestro del género	72
La perspectiva mexicana	
A. Los (inter)textos como juego:	
La cabeza de la hidra de Carlos Fuentes	85
B. Fernando del Paso:	
'La onda' mexicana y la novela criminal	92
El enfoque colombiano	94
El enfoque cubano	97
La perspectiva chicana:	
Eulogy for a Brown Angel y *Cactus blood*:	
Novelas policíacas de Lucha Corpi	106
CONCLUSIÓN	115
OBRAS CITADAS Y CONSULTADAS	117
BIBLIOGRAFÍA SELECTA DEL GÉNERO POLICÍACO	118

A Janet Isabel, Ligia Sunilda y Nicole Teresa

Prefacio

ALGUNOS DE LOS ESTUDIOS de este trabajo son reelaboraciones o revisiones de artículos publicados antes o de ponencias dictadas en congresos regionales, nacionales e internacionales. Una versión del estudio sobre *La muerte del decano* se publicó en *Hispanófila*. Partes de la sección sobre la novela negra femenina se publicaron en *Explicación de Textos Literarios*.

Agradezco los útiles comentarios hechos por colegas en los congresos profesionales (Modern Language Association, South Central Modern Language Association, American Association of Teachers of Spanish and Portuguese, entre otros), donde primero dicté las ponencias que posteriormente formarían la base del presente estudio.

Igualmente agradezco la ayuda de Texas Tech University y The College of Arts and Sciences por el sabático y las becas que hicieron posibles mis investigaciones. Conste asimismo mi agradecimiento a Rubén Rodríguez por sus aportaciones a la bibliografía sobre novela negra. La asistencia y apoyo de mi esposa Janet Isabel han sido invaluables.

Introducción

BAJO EL APELATIVO DE "novela negra," se comprenden varios subgéneros novelescos: la policíaca, la de espionaje, la que retrata personajes marginados de la sociedad viviendo en un ámbito criminal, la del terrorismo, la del espionaje industrial, y la que pinta individuos de la alta burguesía burlando ciertas leyes morales y sociales. Con el auge de la narrativa *negra* publicada en la Península y la América hispana, un nuevo interés por parte del establecimiento crítico se manifiesta en los copiosos artículos y monografías aparecidos en las últimas décadas del siglo veinte (Verbigracia, Mempo Giardinelli, *El género negro, 2 vols, 1984;* Patricia Hart, *The Spanish Sleuth: The Detective in Spanish Fiction, 1987*; José F. Colmeiro, *La novela policíaca española: Teoría e historia crítica, 1994*; Ricardo Landeira, *El género policíaco en la literatura española del Siglo XIX*, 2001; amén de numerosos artículos publicados en revistas académicas y literarias como *El Urogallo, Quimera, Monographic Review, Camp de l'Arpa, Gimlet. Revista Policíaca y de Misterio*, para sólo mencionar unas pocas). Para muchos, ya no es necesario defender al carácter "literario" del *genre* y subrayar que no es paraliteratura o literatura de folletín, poco digna de análisis críticos. Debe constar, sin embargo, que tal situación en España es relativamente reciente; sólo a partir de la muerte de Franco comienza el género negro a prosperar entre los críticos menos tradicionales. Hace un par de décadas, todavía lo trataba el establecimiento crítico con desprecio. Por ejemplo, se ha escrito que el género "se caracteriza exactamente por reclamar un tipo particular de lector: muy extendido en términos cuantitativos, el público que se adhiere a los mensajes llamados subliterarios busca en fin de cuentas un discurso que, por ser altamente estereotipado, presenta pocas dificultades de recepción" (Carlos Reis, *Fundamentos y técnicas del análisis literario*, Madrid: Editorial Gredos, 1981, 87).[1] Tal juicio, obviamente peyorativo, olvida o no toma en cuenta un detalle importante cuando se limita a describir el discurso de la novela negra como estereotipado y de pocas dificultades: dicho discurso, el habla de los personajes, que emplea el estilo coloquial, el argot, frases telegráficas (en suma, la oralidad en el texto literario), es precisamente el discurso apropiado, ya que es la manera de hablar que corresponde a la mentalidad del hombre de la calle, del policía, del hampón, de esas personas que frecuentan los ambientes que proveen los escenarios de la narrativa en cuestión. El que ofrezca pocas dificultades es un atributo casual, y no significa necesariamente que se ha escrito pensando en el público menos culto, menos capacitado o exigente. Y tampoco significa que el escritor que lo emplea no puede escribir sino de manera estereotipada y fácil, aunque esto sea cierto en el peor de los casos. Pero hay muchas excepciones a tal regla del denominador común más bajo, escritores cuyo talento para manejar otros discursos queda bien demostrado—Hemingway, por ejemplo—que han adoptado el discurso coloquial y telegráfico de la novela negra por ser la manera de hablar que corresponde a sus personajes y situaciones. Los protagonistas no son héroes clásicos, ni tampoco intelectuales en la mayoría de los casos. Casi siempre son pícaros, delincuentes, periodistas muertos de hambre, y frecuentemente hasta los que están al lado de la ley son criminales en potencia. Atribuirles un discurso sofisticado, erudito, académico y correcto, sería destruir el super-realismo de la narrativa, que es característica esencial del género. También sería muy difícil de recuperar un discurso más educado al analizar la retórica de los personajes.

La novela policíaca por lo general se ha subdividido en dos subgéneros:[2] el primero está compuesto por aquellas novelas considera

---

[1] Tales juicios ya están desapareciendo si se considera como señal positiva el aumento de artículos que tratan del género. Véase el artículo de José F. Colmeiro, "Posmodernidad, Posfranquismo y novela policíaca," *España Contemporánea* V. 2 (otoño 1992), 27-39. También de interés particular es el número especial de *Monographic Review/Revista Monográfica* Vol. III (1987).

[2] Las descripciones de los subgéneros en cuestión pueden encontrarse entre muchos

das por los estudiosos como clásicas, tradicionales, que tienen como protagonista a un investigador invulnerable, un tipo de *comic book hero*, de facultades infalibles que gracias a métodos pseudocientíficos y racionales, logra descartar una miríada de pistas falsas y sacar en limpio aquellas acertadas huellas que lo conducen hasta el culpable, generalmente el individuo menos sospechoso. Stephen Knight, *Form and Ideology in Crime Fiction* (Bloomington, IN: Indiana U P, 1980), señala el carácter fuertemente individualista del típico protagonista del relato detectivesco que—siguiendo el modelo de Sherlock Holmes—prefiere trabajar solo a colaborar *ab initio* con la policía. Tales personajes suelen tener alguna excentricidad, y con frecuencia emplean subterfugios o disfraces. Los que más próximos estén al modelo clásico a lo Holmes, típicamente tienen poco contacto con la violencia o el crimen en sí (cf. Knight 80-88). La historia tradicionalmente empieza cuando ya el crimen ha sucedido y el investigador por ello está distanciado de los sucesos. En efecto, la novela es una especie de rompecabezas en el cual el autor reta al lector a armarlo antes o al mismo tiempo que el investigador. El punto de vista utilizado para narrar los sucesos tiene que ser limitado por ende ya que una verdadera voz omnisciente revelaría de antemano los sucesos. Por ello, la tercera persona se utiliza y toda la narración se limita a la perspectiva de un personaje testigo de la investigación quien no es necesariamente el investigador. Verbigracia, Watson en el caso de la investigaciones de Sherlock Holmes.

El segundo subgénero en cuestión, conocido como *tough guys fiction* o *hard-boiled fiction*, ve la luz en los Estados Unidos a fines de la década de los veinte. El investigador de dicho subgénero no es necesariamente

---

estudios a los de Raymond Chandler, *The Simple Art of Murder* (New York: Norton, 1968); David Madden, *Tough Guy Writers of the Thirties* (Carbondale: Southern Illinois UP, 1968); A.E. Murch, *The Development of the Detective Novel* (New York: Philosophical Library, 1958); LeRoy Lad Panek, *An Introduction to the Detective Story* (Bowling Green: Bowling Green UP, 1987); Dennis Porter, *The Pursuit of Crime* (New Haven: Yale UP, 1981); Juan del Rosal, *Crimen y criminales en la novela policial* (Madrid: Reus, 1947); Tzvetan Todorov, *The Poetics of Prose* (Ithaca: Cornell UP, 1977) y particularmente parafraseo a José F. Colmeiro, *La novela policíaca española: teoría e historia crítica*. También he utilizado extensamente el tomo III (1987) de *Monographic Review* dedicado a la novela negra, específicamente véase la introducción.

un policía o individuo afiliado con las autoridades legales. Tampoco es necesariamente un detective privado, sino que puede ser un *amateur*, un neófito en cuanto a investigaciones, acarreado al asunto por circunstancias fuera de su control. Este tipo de investigador, por lo tanto, no puede emprender una investigación objetiva por formar parte de la acción y de los hechos. Pertenece al medio ambiente y la realidad de los otros personajes: no existe la distancia reguladora del subgénero clásico. Igualmente, su vulnerabilidad frecuentemente le expone a la culpabilidad, a cometer actos ilegales, a suspender la ética y racionalizar actos cuestionables por medio de un contextualismo ético sospechoso. Los protagonistas de este subgénero por lo general ni son héroes clásicos ni intelectuales: abundan los pícaros, delicuentes, periodistas muertos de hambre, detectives al margen de la ley, y frecuentemente, investigadores accidentales, neófitos en el ámbito investigativo. Otra variación de este segundo subgénero es el de la investigación de misterios que no necesariamente exponen criminales sino que sirven para exhibir ciertos problemas sociales y/o familiares. El autor de dichas ficciones reiteradamente las utiliza para denunciar una sociedad insensitiva a las penas de sus ciudadanos, para criticar una policía incompetente y corrupta, minada por la inercia, extorsión y soborno, como también para exponer una burocracia fría, inepta, decrépita e impenetrable. El punto de vista aquí suele utilizar la primera persona ya que dicha voz narrativa permite que el narrador oculte o mienta sobre los sucesos en cuestión. Por ende tal narrador no es fiable y el lector generalmente no puede contar con él. El discurso estereotipado y la "oralidad" del texto se consideran como parte importante del género que refleja los personajes (por lo general de clases bajas) que pululan en la novela. El subgénero históricamente tradicional, discutido previamente, pone énfasis en la resolución del rompecabezas, en determinar quiénes son los culpables del crimen en cuestión. En contraste, el otro subgénero, denominado novela negra, utiliza el vehículo del crimen para hacer hincapié en un problema moral determinado que el autor denuncia. Por lo tanto, aquél se interesa más por lo estético y éste por la ética. Lo que los dos subgéneros tienen en común es que el suspenso casi siempre resulta de la ocultación de sucesos cuya revelación dará claves para la explicación del misterio, contribuyendo a que los culpables sospechosos sean castigados y los inocentes sean reivindicados. Para una discusión copiosa y perspicaz del tema y la teoría en cuestión, las monografías de Tzvetan Todorov, *The Poetics of Prose* (Ithaca: Cornell U P, 1977), y la de José F. Colmeiro, citada arriba, son imprecindibles. Para una perspectiva de la situación del género en España en las últimas décadas del siglo pasado, el estudio de Patricia Hart es indispensable.

No todas las novelas examinadas en el estudio que sigue son totalmente "negras" en el sentido crítico del término. Algunas son más bien variaciones peculiares del género que demuestran aspectos de la miríada de posibilidades existentes. Algunas de las novelas en cuestión abren nuevos rumbos a un género antiguo que se presta a nuevas incursiones y variantes. Las escritoras, en particular, han logrado femenizar la novela negra por medio de protagonistas femeninos, a veces eliminando o suavizando la violencia y situaciones escabrosas típicas del género duro.

Frecuentemente parodian dichas novelas a expensas del "macho." La novela negra se aleja de la novela experimental y académica. Para ilustrar, frecuentemente autores considerados "establecidos" por la crítica y galardonados con miríadas de premios, publican obras herméticas que muchos académicos y críticos leen por la obligación de estar informados sobre el autor en cuestión y no por el placer experimentado al contemplar una obra de arte. De hecho, dichas obras a menudo se compran y no se terminan de leer. En contraste, la novela negra bien escrita se lee rápidamente ya que el lector ansía terminar el texto para atar todos los cabos sueltos. Es importante notar también que si el propósito de un texto literario es, en particular, entretener al lector, dichas novelas han logrado tal meta.

Un somero esquema de la novela policial o de misterio en la península por ende comienza en el siglo XIX con la novela de entregas, algunas de las cuales trataban de crímenes y sangre. Salvador Vázquez de Parga en su minucioso estudio *La novela policíaca en España* (Barcelona: Ronsel, 1993) coincide con la perspectiva de este estudio en que por lo general las novelas publicadas durante esta época eran informes glorificados de sucesos sangrientos. Dichos temas ya estaban presentes en los romances de ciegos y en la idealización de bandoleros famosos que formaban parte de la cultura popular a través de leyendas y canciones de la tradición oral. Entre las más conocidas novelas de entregas que retratan crímenes sangrientos se encuentran *El crimen de la calle de Montcada* (1866) de Barcelona y *El crimen de la calle de Fuencarral* (1888) de Madrid. También en el siglo XIX se encuentran ejemplos más "canónicos" del género, escritas en forma de libro, novelas policíacas formales, aunque la mayoría de los novelistas cultos consideraban dicho género extranjero, ajeno a la cultura española e indigno de ser imitado. Sin embargo, en 1853, Pedro Antonio de Alarcón con la novela corta *El clavo,* inicia lo que podría considerarse como los primeros gateos del género por escritores "serios" en España. Es de notar sin embargo, que Joaquín Zarco, el protagonista de *El clavo*, descubre el crimen accidentalmente, y que por lo tanto el crimen en cuestión y su descubrimiento resultan incidentales a las preocupaciones del protagonista. En 1889, Benito Pérez Galdós publica *La incógnita*, una novela epistolar en la cual Manolo Infante describe los amores de su prima, Augusta Cisneros, con Federico Viera, quien muere de dos tiros, uno en la frente y el otro en el hígado. El juzgado califica la muerte de suicidio, pero el narrador decide investigar la muerte y fracasa en el intento de descubrir la verdad. Emilia Pardo Bazán también llegó a considerar la novela criminal y se observa su interés por el género en la novela corta, *La gota de sangre,* y en el cuento "La cana." (Véase también el estudio de Landeira sobre la novela policíaca decimonónica.) Según Vázquez de Parga, la primera verdadera novela larga del género policíaco se publica en 1914 por Joaquín Velda con el título, *¿Quién disparó?* Según Eugenio G. de Nora (citado por Vázquez de Parga), la única finalidad de dicha novela "parece ser provocar la carcajada grosera, el regüeldo sexual" (42). Eugenio de Nora también la considera pornográfica, aunque probablemente la perspectiva de entonces era un poco más dura, estrecha en cuanto a cuestiones sexuales.

La introducción de los *pulps* estadounidenses en los treinta le da auge al género policíaco. La editorial Molino introduce los muy conocidos héroes como Doc Savage, "La Sombra," Bill Barnes en su "Colección Hombres Audaces," y como resultado el número de traductores empleados aumenta. Posteriormente, los mismos traductores comienzan a escribir novelas policíacas. He aquí la base que contribuye, además del término de la guerra civil, a que los años cuarenta sean una década en la cual la calidad y la cantidad de novelas criminales tomen vuelo. Durante estos años aparecieron en España más de cien series de novelas policíacas que competían con la importación de series que venían de otros países como Argentina. Por esta época también ciertos intelectuales confesaron su afición, su vicio secreto, por la novela criminal y comienzan a afirmar su valor social, político y estético. Como consecuencia, la novela policial comienza a convertirse en un género merecedor de ser estudiado. Es de notar que por esta época el color amarillo era el color característico de la novela criminal. Tal color continuó como el color primario de la novela policíaca en Italia. En España, la influencia gálica permutó dicho color al negro de donde recibe el género una de sus varias apelaciones.

Debido a que la mayoría de las publicaciones de novelas policíacas eran traducciones de escritores anglosajones, el público lector prefería escritores con apellidos extranjeros. Tal preferencia motivó a muchos escritores hispanos a elegir pseudónimos anglosajones. Es de notar en particular la editorial Rollán, de Madrid, que 1949 publicó la serie "F.B.I." con una serie de protagonistas duros que luchaban por la justicia y la aniquilación de los criminales. A la colección del F.B.I. siguieron "Servicio Secreto," de Editorial Bruguera, y la colección "C.I.A," para sólo nombrar tres. Todas las colecciones rastreaban la misma estructura narrativa con las relevantes variaciones de tiempo y espacio. Los polos imperantes eran el bien y el mal, con aquél siempre triunfante. Con algunas excepciones ("Servicio Secreto" y "C.I.A," particularmente, por móviles obvios), la mayoría de los sucesos transcurrían en los Estados Unidos. He aquí una vez más un ejemplo de la influencia estadounidense, del imperialismo cultural yanqui que tantos escritores han atacado. Los apellidos o nombres de pluma de dichos autores también evidencian el predominio anglo. Los nombres de pluma elegidos, varían de ingenuas imitaciones de los autores estadounidenses—anglosajones o británicos—resultando a veces paródicos, acaso sin querer. Alfonso Rubio Manzanares, probablemente uno de los autores más conocidos de la colección F.B.I., empleó el pseudónimo Alf Manz, que resulta más bien germánico, "americano" sólo por lo que el país tiene de mezcla de inmigrantes.

En los siguientes ensayos, escritos a lo largo de dos décadas en circunstancias muy variadas, el lector buscará en vano criterios teóricos de selección de los textos analizados. Se trata, primero, de novelas que de alguna manera aportan innovaciones o contribuyen a la evolución del género—que exhiben o la ortodoxia o la heterodoxia respecto al paradigma ya aludido en el título. En segundo lugar, se trata de novelas que a mí como lector me han gustado: por razones de índole variada e idiosincrática, y que se espera sirvan el doble propósito de demostrar la creciente virtuosidad temática, lingüística y estructural del género (no tan negro—ya como variopinto) y de divertir otra vez al lector.

Los Pioneros

Dos novelas pueden considerarse como el comienzo de una nueva variante de la novela negra en España, cuyos descendientes se observan en las últimas décadas del siglo XX, y que, para ciertos críticos, ponen fin a la idea de que la novela policíaca goza de gran estima, pero que pocos la toman en serio. Dichas novelas, aunque no fueron *best sellers* cuando se publicaron, han logrado amalgamar valores estéticos literarios con el entretenimiento. Cronológicamente, la primera es *En el pueblo hay caras nuevas* de José María Alvarez Blázquez. Publicada en 1945 por Ediciones Destino, resultó finalista del premio Nadal el mismo año en que *Nada*, de Carmen Laforet, fue galardonada con el antedicho premio. La segunda sería *El inocente* de Mario Lacruz, que alcanzó el Premio Simenón de Novela Policíaca en 1952. Se debe anotar que esta última ha tenido numerosas ediciones, traducida a más de ocho idiomas y se ha llevado al cine.

En el pueblo hay caras nuevas es una típica novela decimonónica con un narrador omnisciente y parlanchín que se dirige directamente al lector para explicar por qué la narración ha seguido una vertiente y no otra, o las razones por concentrarse en un personaje, olvidando totalmente a otros. La novela se distingue por ser una novela pionera del género en España y por ser amena y bien escrita. Se puede considerar pionera porque, en contraste con las novelas populares de esta década, los personajes son bien delineados, sus motivaciones se recuperan fácilmente, y está, estéticamente, bien presentada. No es una novela dura y sigue más el subgénero británico del misterio por resolver, de la novela enigma, sin violencia y ninguna traza de erotismo.

A un coronel español jubilado (su nacionalidad no es precisa porque su edad no concuerda con la guerra civil u otras contiendas españolas) a un pueblo lo encuentran muerto en su jardín. No se precisa la nación y algunos críticos creen que es un pueblo francés. En realidad, los personajes podrían ser españoles también. El autor da detalles sobre el coronel, su participación en la guerra, la herida craneal ("una rebanada de occipital, con su correspondiente cuero cabelludo..." [11]), describe un grupo de posibles sospechosos, y presenta la gente del pueblo—una galería de personajes pintorescos que incluyen hasta el loco del pueblo.

En el séptimo capítulo, titulado "Anuncio," el narrador establece su incapacidad para descubrir al culpable y escribe (dice, ya que el texto, valga el oxymoron, es bastante oral): "El narrador sospecha que en esta trilogía de potencias que en toda obra literaria se establece, entre los actores del drama, el lector y el autor mismo, existe siempre una sorda pugna, en la que infaliblemente corresponde a este último la peor parte" (43). Vemos aquí un ejemplo de las frecuentes digresiones (humorísticas, a veces) del narrador omnisciente. El narrador anticipando ciertas consideraciones narratológicas, como también cuestiones de la llamada estética de recepción, la conciencia narrativa—entre autoconciente y sardónica—introduce los problemas de las expectativas del lectorado putativo, el "lector implícito," que incluye en el conjunto formado por el autor y sus personajes. Así medita brevemente respecto a sus deberes como narrador y las expectativas del lector, y la necesidad de suplir a los personajes con sus correspondientes características y deberes en el texto. Así, pues, como el narrador se cree sin los dones necesarios para llevar a cabo la investigación del crimen, dos nuevos personajes entran al texto:

> ...nuestra innata falta de memoria y las escasas dotes deductivas con que al mundo hemos venido. Pues para suplir tan lamentables tareas y ayudarnos en la ingrata labor que nos hemos propuesto, ya se encuentra en camino el avezado inspector Flandin, a quien habrá de auxiliar el novel agente Reynolds. (44)

Irónicamente, los dos sabuesos (paródicos Holmes y Watson) fracasan en la investigación del crimen. El coronel muere al tropezar con una piedra por estar mirando una avioneta que piloteaba uno de sus sobrinos. Pero, al estar prono el cadáver, con la contusión visible en la cabeza, la conclusión de muchos es que el muy apreciado coronel había sido asesinado con un golpe contundente en la cabeza mientras atendía a las flores de su jardín. Como era de esperar, la paranoia se apodera del pueblo y las sospechas recaen sobre muchos. Uno de los primeros es el mayordomo (el narrador describe las sospechas del investigador, pero el lector conocedor del género infiere la obvia ironía en cuestión); luego los herederos del coronel son examinados cuidadosamente también. A el loco del pueblo, Juan Grandullón, quien desaparece después del crimen, lo buscan seis guardias y un cabo en la sierra. Luego la sospecha recae sobre una amiga del coronel, cuya compotera se encuentra a poca distancia del cadáver. El descubrimiento de un ladrón, alcohólico y hermano del alcalde, que robaba una horna de la casa del coronel cuando sucede el incidente inmediatamente lo convierte en el favorito culpable. Finalmente, el más sospechoso de todos fue el párroco, quien fue observado sonriendo mientras le daba los últimos óleos al cadáver. Cuando el inspector Flandín está por darse por vencido, por el pueblo comienza el rumor de que ha sido el sacerdote. El abate, finalizando irónicamente la novela, prueba de hecho que ha sido un accidente. Hay que precisar, que al comienzo de la novela el narrador describe por un par de páginas el hecho de que el coronel "sufría horrendas callosidades"(13). Por ello, usaba zapatos que él se hacía para los delicados pies. Así, pues, el coronel no hubiera muerto si sus pies no le hubieran traicionado y causado su caída. Pero, aún así, si no le hubiera faltado la rebanada del occipital. El abate lo explica de la siguiente manera:

> ...el coronel quiso verlo, y como precisamente ese abeto se lo impedía, y el avión venía en aquella dirección, andando, andando, con la vista en el cielo, llegó a pisar las piedras del macizo. Sus pies delicados no soportaron el peso del cuerpo sobre aquellas puntas agudas, y el coronel cayó. Tal vez con otro calzado nada hubiese sucedido. Pero esos raros chapines, que sin duda son magníficos para pisar suelos lisos y regulares, para andar sobre guijarros no sirven...
> (212)

De tal manera, el principal sospechoso resuelve el crimen, que en realidad es un accidente. A esta conclusión se podría añadir que el sobrino del coronel, al tratar de impresionar a su tío el día de su cumpleaños por medio de las maromas de la avioneta, es el culpable de la muerte del coronel Le Coste. El transcurso de la investigación policial, que se encarga de desinflar varias veces la gravedad del asunto y se burla de los clichés del género, delata un autor suficientemente adepto en las estructuras y los tópicos como para parodiarlos. Queda patente además la motivación satírico-humorística de la parodia, que es del mismo linaje que el *Quijote*—parodia de todo un género, de toda una serie de novelas de parecida ralea. En ambos casos, depende del profundo conocimiento por parte del autor de lo parodiado, si bien con la salvedad de que Alvarez Blásquez no tiene el genio de Cervantes y su novela no vuela a la altura del *Quijote*. Conste, sin embargo, la autorreflexividad que asoma en ambas novelas, y como corre paralelo a la decepción de las expectativas del lector acostumbrado a situaciones y personajes obligados del género en cuestión.

    Mario Lacruz es otro pionero del género negro con la novela *El inocente* (se cita la edición Planeta de 1985–algunos dicen que fue publicada en 1952, otros que en 1953). En contraste con *En el pueblo hay caras nuevas*, que sigue a la novela-enigma británica, *El inocente* se acerca más a las novelas duras de los Estados Unidos. José F. Colmeiro en la ya citada *La novela policíaca española: teoría e historia crítica* (140-151), analiza cuidadosamente la novela e indica que la obra logra amalgamar el género negro con la novela de vanguardia de los '20 y '30 por su forma experimental. Algunos estudiosos han sugerido que la obra ha sido influida por la novela existencial francesa y se han establecido paralelos entre *El inocente* y *Nausea* de Sartre y *L'etranger* de Camus. *El inocente* cuestiona el estado del hombre *vis-à-vis* la sociedad como acontece en muchas novelas existencialistas populares en Europa durante estos años. En efecto, en los años cuando la novela social imperaba en España, Lacruz logra otorgar una patina literaria al género negro desconocida hasta entonces. Es de notar que los nombres de los personajes, vagamente italianos o extranjerizantes, sirven para sugerir que los sucesos no tienen nada que ver con España. Se trata de un recurso común cuya intención era tranquilizar o despistar la censura. Aquí, al presentar un policía corrupto, tenía que sugerir que no representaba el régimen de Franco. De tal manera se presentan a los varios personajes.

El protagonista e inocente, Virgilio Delise, musicólogo, diletante, y acaudalado, se ve acusado de haber matado a su padrastro, Montevidei, un hombre de pasado incierto y quien se casa con la madre de Virgilio por su dinero. Virgilio, un individuo tímido y con poco auto-estimación, huye de la policía cuando lo llevan a la comisaría para interrogarlo. La situación conduce a fines trágicos por la presencia de policías ineptos y corruptos. Doria, un arribista y ambicioso policía que desea salir del pueblecito donde se encuentra por medio de la solución de un crimen con personajes importantes involucrados, decide manipular la evidencia de la muerte de Montevidei porque está convencido de que Virgilio es culpable. Así, pues, el inocente llega a convencerse de que es culpable y huye de la policía. Al final Virgilio muere a manos de la policía a pesar de que ya se sabía que no era culpable. El policía que le disparó no estaba enterado de que Delise ya no era considerado sospechoso. En los siguientes renglones se explica el comportamiento de el inocente:

—Sin embargo, era lo más lógico; todo lo que él ha hecho es lógico si se invierten los términos. Deja a Montevidei vivo en su casa y a la vuelta lo encuentra muerto. Se le atribuye esta muerte, y él acaba por aceptar los hechos con cierta naturalidad. La detención y la huida predisponen su ánimo para la sugestión. Por eso no protesta al ser detenido ni afirma su inocencia. ¿Cómo calificar de locura semejante comportamiento? (192-93)

Al final se decide mantener todo oculto. Hasta un periodista amigo y el cuñado de Delise deciden no denunciar la injusticia acaecida. La iniquidad perdura con un enjuague de manos burocrático.

La novela está dividida en cuatro partes tituladas con términos musicales e italianos: "Andante," "Adagio," "Scherzo," y "Allegro con Fuoco." Los sucesos y su cronología se contrapuntean sin seguir un orden lineal y convencional. La novela comienza con la huida y persecución de Delise, a la vez que se intercalan saltos atrás en la mente de Delise donde recuerda su niñez y las experiencias traumáticas con su padrastro. Las secciones que siguen desarrollan la niñez de Delise y la historia de Montevidei. El *Leitmotiv* de la música se reitera a través de la novela, particularmente en la caracterización de Delise, quien es musicólogo, y por la frecuentes imágenes y sus pensamientos relacionados con la música. En los siguientes renglones Delise encuentra un anticuado piano vertical y trata de reproducir la música que le llena la cabeza: "El piano estaba desafinado. Delise tardó algunos segundos en notarlo, porque la música interior no le dejaba oír sus propias pulsaciones. Levantó las manos como si despertara de un sueño y las dejó caer con estrépito sobre el teclado. Golpeó con violencia.... Su rostro reflejó un infinito desencanto" (187). Tal escena es una metáfora de la vida de Delise: una disposición artística de gran talento dentro de un medio ambiente deletéreo, nocivo para individuos como él. Colmeiro elabora sobre el elemento musical presente en la novela y sugiere la presencia de una influencia cinematográfica en cuanto a la construcción del relato a base del montaje, y un sinnúmero de imágenes de gran impacto visual y emocional (147).

La novela fue publicada cuando el franquismo estaba en su apogeo. Sin embargo, logró recibir la aprobación de la censura por la habilidad del autor de acusar y denunciar *soto voce*. La novela permite muchas lecturas (algo que la aparta de las típicas fórmulas trilladas del género), ya que Delise, el inocente, puede considerarse como una figura emblemática, un arquetipo del pueblo español durante esta época, perseguido y asesinado impúnemente por las autoridades en presencia de un abogado (cuñado de Delise), un periodista (supuestamente amigo del inocente), y el jefe de policía, que rehúsan o temen denunciar y reprender la muerte del inocente.

LA PERSPECTIVA ESPAÑOLA DE CASTILLO PUCHE

Es notable el carácter precursor de Castillo Puche quien en 1954 publica *Misión a Estambul*, novela de espionaje que, como la novela policíaca clásica, tiene tres temas esenciales: clandestinidad, la crueldad que resulta de la emoción del terror, y la rebeldía por medio de la cual se proporcionan a los asesinos motivos para matar. Entre las observaciones más penetrantes que se han hecho sobre el género figura el comentario de Gonzalo Torrente Ballester en una conferencia sobre la novela (recogido en *Ensayos críticos* y citado por Carmen Becerra, 144), donde afirma que "en algunos de los buenos modelos de la literatura policíaca, el juego de elementos prospectivos y retrospectivos es constante, hasta el punto de que con mucha frecuencia, el movimiento final de la novela consiste en un elemento que corrige todos los anteriores, es decir, que reorganiza la que hasta entonces nosotros habíamos organizado a lo largo de la novela." La teoría de Torrente es lúcida e importante, y muy de acuerdo con el acercamiento al tema empleado por Castillo Puche en *Misión a Estambul*. Más adelante, Torrente subraya que "la buena novela policíaca consiste en manejar una serie de elementos prospectivos, que van adelante, que desplazan nuestro interés de lo que va a pasar." La novela de Castillo Puche crea tal suspenso y engendra la impresión de que no pasa nada hasta el último capítulo, en el cual el protagonista y el lector descubren que la misión se ha cumplido después de todo.

Dentro de la novelística del autor murciano, *Misión a Estambul* representa una temática enteramente diferente, como se explicará más adelante, y significa además cierto vanguardismo en cuanto al género. La novela se divide en nueve capítulos narrados por el protagonista. El primer capítulo establece que el agente secreto Castillo recibe órdenes de ir a Estambul con un cinturón esotérico y esperar que alguien se lo quite. Lo interesante, que complica la intriga, es que en dicha misión dos individuos salen con dos cinturones, pero sólo un cinturón contiene algo relevante a la misión. El segundo capítulo relata como el avión hace escala en Roma por unas horas y allí Castillo se encuentra con amigos medio bohemios que le llevan de fiesta. Surge una complicación inesperada cuando una muchacha propone un juego en el cual se requiere el cinturón de Castillo. La petición es tan sorprendente que el agente secreto tiene que disimular y rehusar la demanda por medio de un recurso burdo, pero práctico, tragando unas hebras del tabaco rubio que fumaba. Lo indispone de tal manera que logra evitar que la mujer se apodere del cinturón. El tercer capítulo presenta la travesía en el avión de Roma a Nápoles, un viaje traumático para Castillo como resultado de la ginebra y el tabaco consumidos la noche anterior, que no sólo causan dolor de cabeza sino también un ataque de nervios—muy atípico del *tough guy*. La parada en Nápoles contribuye a calmarlo, gracias a un mensaje positivo recibido del jefe en Madrid. También en Nápoles establece contacto con otro español, que hacia finales de la novela se revelará como el portador del segundo cinturón. Este individuo dice ser un exiliado español, ex-jugador de fútbol, que reside en Ankara. En el capítulo cuarto se describe la llegada a Estambul y las peripecias del narrador-protagonista en un taxi. Mientras viaja en dicho vehículo, el chófer se detiene para permitir que otro individuo suba. Se intensifica la atmósfera de intriga cuando el nuevo pasajero comienza a interrogar a Castillo sobre el exiliado español, Isasi. Después de un recorrido interminable, Castillo logra llegar al Park Hotel. En el quinto capítulo Castillo sufre otra sorpresa al descubrir durante el desayuno que Isasi continúa en Estambul. La explicación proferida es que ha querido informarle que corre peligro, puesto que hay un individuo con la foto de Castillo preguntando sobre su alojamiento, el equipaje que lleva y otros datos. Castillo rehúsa preocuparse, pensando que es la policía turca que mantiene vigilados a los extranjeros. Durante el mismo desayuno, Castillo observa la presencia de una lindísima rubia de procedencia alemana. El sexto capítulo describe el vagabundaje de Castillo por Estambul, un deambular durante el cual se siente chocado o repugnado por muchas costumbres, indicio de cierta ingenuidad o falta de cosmopolitismo que lo diferencia del protagonista de Ian Fleming y otros de la misma índole. Otra posible lectura es que el autor está criticando la postura del régimen en esa época: chauvinista y xenofóbica, con un desprecio "moral" a las costumbres de países no tan católicos como España. Caminando por unas calles estrechas, se percata de que un individuo le está siguiendo. Decide invertir los papeles y seguir al perseguidor. Solamente después de un largo rato, al entrar en un bar, Castillo descubre lo que el otro tenía en mente, pues se percata inmediatamente de la rareza del establecimiento, que le ocasiona bastante desazón: "Tuve que hacer verdaderos esfuerzos para no desmayarme ni gritar cuando comprendí lo que me había ocurrido. Todos los que había en aquel sitio: turcos, griegos, armenios, rusos, eran lo mismo" (116). Tal reacción al encontrarse en un bar de clientela exclusivamente homosexual puede parecer incomprensible hoy día, después de la revolución gay, aun cuando en la década de los cincuenta tales lugares eran probablemente muy clandestinos. El capítulo séptimo establece que la existencia del peligro es verdadera. De regreso al hotel, le informan que su contacto en Estambul, el judío Emmanuel Jacovhévich, quiere verlo

inmediatamente. La entrevista con el contacto produce la revelación que Isasi ha sido asesinado y que Castillo debe salir de la ciudad lo más pronto posible para evitar la misma suerte. Al llegar nuevamente al hotel, Castillo recibe una llamada de la muy atractiva mujer alemana, y hace una cita en su habitación para esa noche. La esperanza del encuentro amoroso le distrae hasta el punto de olvidar consideraciones más prácticas: "Conocía muy bien el tono de seducción que estas mujeres dominan y que está por encima de toda fácil perversidad. Temblaba yo como un niño"(135). Después de salir a tomar un par de copas, regresa a su habitación para la cita y se acuesta, dejando la puerta sin echar el cerrojo. La narración acusa lo que podríamos llamar un espacio en blanco, puesto que el narrador-protagonista
se queda dormido, debido al cansancio o tal vez a las copas, posiblemente endrogadas. En todo caso, la mujer llega, le quita el cinturón, y deja un pañuelito y una polvera. En el capítulo siguiente, Castillo cree haber fracasado en la misión, y comienza, deprimido, a planear la carta que le informará al jefe que se retira del servicio. Es escoltado a un barco de recreo que lo lleva a Atenas, de donde sale para Madrid. Mientras tanto, al zarpar el barco, Castillo observa en el muelle a varios conocidos: el francés que lo había llevado a ver al judío, el mismo judío, el taxista del primer día, y el tipo que había estado siguiéndolo. Todos se saludaban amigablemente. El último capítulo describe su llegada a Madrid y la entrevista con el jefe y dos superiores más. Deprimido por el supuesto fracaso, Castillo piensa en el suicidio, pero descubre que la misión había sido un éxito: la alemana había tomado el cinturón a cambio de la polvera según un acuerdo previo y los superiores estaban muy satisfechos, a pesar de las dos bajas que tal éxito había ocasionado.

Los lectores de Castillo-Puche, familiarizados con sus novelas anteriores, encontrarían un cambio radical en la temática de *Misión a Estambul*, echando en falta los temas de la guerra, la religión y la muerte que predominan en sus primeras obras. *Misión a Estambul* no se ha percibido como un nuevo rumbo en su trayectoria novelística; se trata de una incursión en el género negro que aparece de nuevo durante las décadas en que la novela policíaca se hace popular en España (aunque muy pocos críticos del género mencionan dicha novela en sus monografías). Se ha reconocido que dicho género sólo prospera en países democráticos.

En *Misión a Estambul*, Castillo Puche desarrolla a un personaje de características universales: el agente secreto, cuyos antecedentes se remontan al Viejo Testamento. El protagonista narra desde su propia perspectiva limitada, en el momento en que los acontecimientos suceden, y por lo tanto, su alcance es siempre limitado, parcial, obligando al lector a esforzarse para poder establecer conclusiones acerca de la misión y el papel de Castillo en ella. Obviamente, Castillo no es ni el típico *tough guy*, ni el cosmopolita agente aficionado al buen vino y las mujeres fáciles a la James Bond. El agente de *Misión a Estambul* se hace pasar por exportador de frutas (!) Aunque lleva revólver y navaja, es obvio que prefiere no utilizarlos y que lo más probable es que no sea muy diestro en el uso de dichas armas. Tampoco practica el contextualismo ético típico de los "duros" (excepto en el área sexual) para quienes lo importante es la meta por alcanzar, puesto que el fin justifica los medios. Ya se han apuntado incidentes que acusan la falta de *savoir faire* del narrador-protagonista, pero hay otros incidentes que establecen su personalidad ingenua que recalca el hecho de que no es el característico espía sazonado.

Verbigracia, cuando el jefe le explica lo que tiene que hacer con el cinturón, Castillo dice: "No irá nada dentro que pueda dañar los intereses de mi patria..." (22). Lo cual subraya su "nacionalismo" (todo por la patria era el lema de la Falange y la Guardia Civil). Cuando se despierta en el hotel la noche de la cita con la rubia y cree que ella no asistió al *tryst*, se alegra, porque "Uno sabe que las mujeres, en esta clase de encomiendas, por un buen servicio que prestan, suelen fallar más de diez. Sobre todo, que yo temía bastante de la belleza de aquella mujer en mi misma habitación"(137). Sin embargo, Castillo es precisamente el tipo de agente que se necesitaba para tal misión: *low-keyed*, ingenuo y machista. El narrador-protagonista deja entrever tal personalidad, como también su naturaleza adecuada para susodicha empresa, ya en los primeros renglones de la novela donde dice: "Probablemente para actuar, lo que necesita un hombre como yo es que no le especifiquen demasiado las cosas. Que le digan simplemente: 'Váyase a Estambul y espere allí órdenes'" (21).

Desde el punto de vista retórico, como ya se ha sugerido, el discurso es especialmente adecuado a la manera coloquial del habla del protagonista-narrador. Las frases son cortas, simples, aceleradas hasta el punto de casi arrastrar al lector. Recuerdan la tradición oral, lo cual contribuye a que la novela mantenga un aire de verosimilitud que perdería si se complicasen las frases con giros más propios del discurso escrito. Sin embargo, no faltan ocasiones en que el poeta se escapa y hace su aparición como sucede en los siguientes renglones:

> La hierba que crecía por las laderas era muy corta y raquítica. Crecía a rodales. Los árboles se levantaban un poco encorvados y parecían vagabundos ateridos de frío, que emprendían la huida hacia otros horizontes más risueños. (66)
> Todo Estambul era una tremenda pisada humana en la que resonaban miles de pisadas, unas blandas, como hundidas en el barro, y otras duras, tensas, como petrificadas en escaleras sobre la roca viva. (69)

Por contraste, las siguientes expresiones acentúan el aspecto coloquial, hablado, de la narración: "Para mí el fútbol es magia negra…" (59). "… el coche saltaba más que un molinillo de café" (68). "Estambul hervía de multitudes" (71). "La obra era bastante chabacana" (83). "Mi jefe está como fofo" (27).

Misión a Estambul es un paradigma pionero del género de la novela negra según ha emergido en la España del post-franquismo. Incorpora la mayoría de las convenciones del género a nivel internacional pero al revés—o paródicamente—según lo establecido por estudiosos de la novela de espionaje e intriga. Tales "mitos" o convenciones obligadas de esta novelesca incluyen el ir a territorio del enemigo, el cruce de fronteras, problemas relacionados con el desconocimiento del idioma del enemigo, el aeropuerto, el asesinato, y la seducción calculada. Otro elemento que constituye algo así como un *Leitmotiv* del género contemporáneo es una serie de alusiones irónicas y autoconscientes al género como tal, o a sus prototipos y protagonistas conocidos. Frecuentemente, tales elementos autorreferenciales incluyen burlas de todos los personajes estereotipados, como también los escenarios y argumentos que se han convertido en clichés. Este último ingrediente se encuentra menos en *Misión a Estambul*, acaso debido a la fecha relativamente temprana en que se escribió. Claro que para el lector plenamente acostumbrado a las convenciones del género, el carácter ingenuo de Castillo y las cosas que le chocan se podrían interpretar como una alusión burlesca, indirecta, al protagonista estereotipado, imposible de desconcertar, que tantas veces aparece.

Respecto a los aspectos más bien artísticos de la narración, el giro oral, el fluir del tiempo, el *suspense* de lo que está por suceder y parece que no sucede, contribuyen a crear un ritmo rápido, un nivel alto de interés narrativo, que inducen al lector a devorar los nueve capítulos sin detenerse. Ciertas sutilezas de la narración, la aparente pero engañosa simplicidad del relato, podrían suscitar una lectura descuidada, y como consecuencia, el lector poco alerta perdería aspectos claves que se comunican indirectamente: el subtexto entre los renglones. El ejemplo más destacado de esto en *Misión a Estambul* está relacionado con una convención del juego internacional de espías que considera la muerte, el asesinato de individuos como algo necesario e inevitable. Así, el jefe de Castillo sabía que Asasi era muy conocido, y por ello lo mandó de cepo con el cinturón vacío, permitiendo que se realizara la misión sin mayores dificultades.

Al hacer cualquier balance valorativo de la importancia de la novela negra en la narrativa contemporánea, habrá que considerar el papel precursor de *Misión a Estambul* y cómo su ejemplo habrá influido, tanto en escritores como público. Por medio de este tipo de ficción se pone al descubierto una serie de debilidades, de secretos morales que desentonan con los sentimientos de las sociedades más "civilizadas." Dichas novelas, mucho más que las novelas canónicas, enfocan ciertos temas tabú, de implicaciones sumamente significativas para nuestro tiempo. En este sentido, como también en relación a su gran difusión y crecido número de lectores asiduos, la novela negra figura entre los géneros narrativos de mayor impacto en la segunda mitad del siglo XX.

EL LOCO COMO PROTAGONISTA: MIGUEL DELIBES Y EDUARDO MENDOZA

El novelista más eminente que ha contribuido al desarrollo de la novela negra española en su vertiente de *thriller* ha sido Miguel Delibes con la novela corta, *El loco* (Madrid: La Novela del Sábado, 1953; también en *Siestas con viento sur* [Barcelona: Destino, 1957]). Introduce una importante variación psicológica, que se desarrollaría bastante más en las últimas décadas del siglo XX, especialmente en el cine. Debe observarse que se diferencia marcadamente del resto de la obra de Delibes en cuanto se trata de aclarar un crimen o resolver un enigma, si bien coincide con otras obras de este escritor en el empleo (observado por varios críticos) de una perspectiva peculiar, limitada, anormal. Delibes, que ha utilizado repetidamente la perspectiva de niños, adolescentes, atrasados mentales y analfabetos, aquí adopta el punto de vista de un desequilibrado, sin nada del idealismo genial, quijotesco, del loco más famoso de las letras españolas. *El loco*, novela epistolar en cuanto a su estructura, adopta la forma de cartas escritas por el narrador al hermano mayor que no ha visto desde su infancia. Es, por lo tanto, un relato en primera persona, con las limitaciones ontológicas de los textos autobiográficos. El comienzo de la historia (que no coincide con el comienzo de la narración) data de veinticinco años atrás con la muerte del padre del narrador, supuestamente un suicidio. El narrador—entonces de pocos años—pierde el habla, histérico; su hermano mayor se fuga de casa, mientras el narrador sigue viviendo con su madre hasta que ella se muere, más de dos décadas después, y un par de años antes de la narración en tiempo presente.

Cuando comienza la acción, el narrador se ha casado y la pareja espera el primer hijo. Un día, en un bar, escucha una conversación en la cual un hombre raro relata un extraña pesadilla de ser enterrado vivo. El narrador (de apellido Lenoir, que nació en Francia), experimenta una sensación de *déjà vu*. Convencido que ha visto esto anteriormente, pregunta al tabernero por el extraño que resulta llamarse Robinet. La escena le preocupa cada vez más, comienza a irritarle y causarle problemas en el trabajo y con la esposa. Llega a ser una obsesión, y afecta su salud. Confinado a su casa por un ganglio, revuelve el desván de la casa paterna donde encuentra un gran retrato de Robinet. Los lectores se enteran que el difunto padre del narrador fue pintor que se había mudado al sur de Francia, donde nació el narrador, Pau. Encontrando otras pinturas de Pau por su padre, llega a convencerse que fue allí donde viera antes a Robinet y, aprovechando la recomendación de su médico que tome vacaciones, viaja a Pau. El estar allí le trae una avalancha de recuerdos y encuentra su antiguo domicilio fácilmente. Al pasar por el umbral de la casa, con un salto atrás proustiano, se transforma en el niño de cuatro años que jugaba en la escalera al lado del estudio paterno, espiando de vez en cuando a través de la rendija.

Hasta este punto, la conciencia narradora—y por ende el lector—ha estado medio convencido del trastorno del narrador, quien ha temido estar volviéndose loco debido a su obsesión con Robinet. Aquí Delibes invierte los papeles: el narrador revive la escena cuando Robinet apareció por el tragaluz y disparó a su padre, matándolo. Se da cuenta que la vuelta a la escena del crimen ha revivido sus recuerdos, facilitando la conexión con el inconsciente. Volviendo a su pensión, se encuentra con Robinet en el ascensor, y sabe que el asesino le ha reconocido, pues le dice que tiene los ojos de su padre. El argumento, que parecía ser la historia de una obsesión, resulta de pronto girar en torno a la resolución de un misterio, una resolución peligrosa, pues Robinet insiste que Lenoir y su esposa le acompañen en un paseo que más parece un secuestro. Llevándolos a cenar, cuenta con abundantes detalles el asesinato, volviendo a aludir a la pesadilla que inicialmente llamara la atención de Lenoir. Observa Janet Díaz (*Miguel Delibes*, New York: Twayne, 1971) que la historia de la pesadilla es superflua, pues no se relaciona con el motivo del crimen (cf. 77):

> Robinet ultimately reveals Erostratus complex, the need to immortalize his name in order to live on in fame or infamy after death, which makes the dream irrelevant. Having realized that he lacked the talent to become famous on his own merit, he recalls the example of Leonardo da Vinci and "La Gioconda," considering this a route to immortality. Admiring the work of Lenoir's father, he manages to meet him and commission a portrait, despite the artist's objection that he is not a suitable model.

No satisfecho con los dos primeros intentos, Robinet decide que otro camino a la fama sería matar al artista que no supo hacerle famoso, y que llamaría más atención si la verdad no se revelase por un cuarto de siglo. Entrega su confesión escrita a Lenoir y se mata de un tiro. Muy al disgusto del narrador, consigue así cierta notoriedad. Con el dicho final sorpresivo, Delibes aprovecha el principio del "menos sospechoso," pues el asesino supuestamente astuto se revela al final como el verdadero loco.

Otro loco investigador aparece en *El misterio de la cripta embrujada* (1979) y *El laberinto de las aceitunas* (1982) de Eduardo Mendoza: podrían considerarse como una desconstrucción paródica del subgénero "duro." Las novelas de Eduardo Mendoza estudiadas en esta monografía podrían considerarse como pertenecientes al segundo subgénero discutido en la introducción y efectivamente, varios críticos las han analizado desde esa perspectiva. Pero también se pueden considerar como una variación, una inversión, una subversión, una desconstrucción lúdica, paródica de dicho subgénero. El protagonista (el mismo en ambas obras) se encuentra recluido en un manicomio por razones que no se explican totalmente en las novelas. Sin embargo, el lector puede inferir las causas por medio de una lectura entre los renglones, apoyado por algunos deslices frecuentes en la exposición de los sucesos. Los acontecimientos de las dos novelas se narran retrospectivamente mediante el autorreflexivo e innombrado narrador-protagonista quien, inconscientemente, revela paulatinamente su personalidad alienada y patológica a medida que las aventuras se desarrollan. Los renglones donde describe cómo desea manosear a una enfermera, ejemplifican, lúdicamente, su situación. Hay efectivamente dos procesos de descubrimiento y revelación, no sólo la explicación de los misterios relacionados con los crímenes en cuestión, sino también la revelación de la patología que aqueja al narrador. No se trata de procesos paralelos, sino entretejidos. Ambos contribuyen a la subversión paródica, especialmente el segundo, porque el resultado de tener un investigador lunático sólo puede ser burlesco y desmitificador. Al mismo tiempo la situación en donde un enajenado puede acertar, y hasta consigue resolver los misterios, también subvierte la supuesta seriedad de la investigación policíaca.

El misterio de la cripta embrujada comienza describiendo un partido de balompié en el cual participan el narrador-protagonista y otros locos del manicomio. La conducta de los otros alienados resulta bizarra en contraste con la cuerda descripción que provee el narrador. Se interrumpe el partido cuando le informan al narrador que después de cinco años de reclusión en la institución sin noticias de fuera, tiene una visita. Llegado a la oficina del director describe el consultorio y discurre sobre eventos disparatados ocurridos allí (por ejemplo, un loco defecó en una de las poltronas de cuero y otro atentó contra la vida del director con un cenicero). Le ofrecen una Pepsi, su bebida favorita, y mientras espera la bebida, él sigue preguntándose por las razones y la identidad de la visita. La enfermera que le trae la bebida provoca la siguiente digresión:

> En circunstancias normales me habría abalanzado sobre la enfermera y habría intentado sobar con una mano las peras abultadas y jugosas que se revelaban contra el níveo almidón de su uniforme y arrebatar con la otra la Pepsi-Cola, beber a gollete y, tal vez, prorrumpir en regüeldos de saciedad. Pero en aquel momento no hice nada semejante. (17-18)

La ironía del texto citado, un elemento narratológico importante a través de ambas novelas, se observa en la yuxtaposición entre normal y anormal, una oposición binaria de gran trascendencia en los textos. Además de proveer al lector con una perspectiva de su personalidad disparatada, el narrador describirá lúdicamente y de paso una sociedad que constituye un macrocosmo que refleja el microcosmo del manicomio.

La visita en cuestión resulta ser el comisario Flores a quien el innombrado protagonista había prestado valiosos servicios como confidente de la policía. El comisario ha venido a visitarlo para exigir nuevamente su ayuda. El caso en particular trata de la desaparición de dos niñas impúberes del mismo dormitorio de un colegio exclusivo de las madres lazaristas. El misterio consiste no sólo en que han desaparecido sin dejar rastro, sino que los dos eventos han sucedido con un intermedio de seis años. Puesto que dicho colegio se encuentra ubicado en el aristocrático barrio de San Gervasio, sus alumnas pertenecen a las mejores familias de Barcelona. En el proceso de investigación, el picaresco narrador expone al lector tanto a los sótanos de la sociedad y las peculiaridades del argot arrabalero como igualmente a las más altas capas de la sociedad de Barcelona.

En *El laberinto de las aceitunas,* el comisario Flores acude al subterfugio de secuestrar al narrador-protagonista, quien continúa anónimo. Ha desaparecido una figura de gran importancia en el gobierno español, supuestamente secuestrado. Al antihéroe-narrador le presionan para que sirva de intermediario y provea a los secuestradores con un maletín lleno de dinero. Al final de la novela, cuando el involuntario investigador ha entrado en una miríada de callejones sin salida, combatiendo conjuras y traiciones, apaleado sádicamente, se descubre que todo ha sido un complot de varias multinacionales y los Estados Unidos.

Eduardo Mendoza ha amalgamado en estas dos novelas varios géneros literarios (policial, picaresca, gótica, bizantina), al mismo tiempo que ha desconstruido la novela policial convencional y ha creado un lenguaje lúdico y paródico. Mendoza utiliza el ya mencionado subgénero "duro," cómicamente desconstruido, para satirizar y criticar la sociedad española. Todo se observa por medio de la perspectiva lúdica de un alienado (dicho método los formalistas rusos lo apelarían "singularización"), con un lenguaje a veces desproporcionado a las circunstancias, que recuerda la prosa del Siglo de Oro. Irónicamente, el narrador es un pícaro semi-analfabeto, y dichos giros verbales utilizados en su narración y en su testimonio, resultan incongruentes y difíciles de recuperar.

En las novelas estudiadas de Mendoza se observa el aspecto policial en el hecho de que existe un propósito investigatorio de resolver o aclarar misterios. La ironía e inversión se resalta al utilizar como detective a un pícaro y demente individuo cuyos descubrimientos resultan no de sus sentimientos nobles y heroicos, ni siquiera por un sentido de moralidad o ética que lo separe del resto de la sociedad, sino simplemente como consecuencia del sentido primitivo de la sobrevivencia. El no conseguir lo que se le ha asignado o salir de los muchos atolladeros que confronta al hacer sus pesquisas, resultarían fatales. Por consiguiente, el anónimo narrador se convierte en personaje proteico que asume varias identidades en el proceso de la investigación, suspendiendo cualquiera cuestión moral o ética. De hecho, al tener tal individuo como protagonista, el género policial se desconstruye y su crítica se subvierte puesto que dicho antihéroe no podría considerarse moralmente superior a los poderosos y corruptos miembros de la sociedad a quienes las investigaciones eventualmente exponen. No existe en tal realidad ningún código moral o ético superior a la sociedad injusta como el que guía al investigador del subgénero "duro."

La ironía, elemento muy importante en las novelas examinadas, forma parte intrínseca no sólo del contenido, sino también de la forma. El narrador-protagonista de Mendoza no puede ser fiable puesto que es un demente y frecuentemente lo que cuenta contrapuntea irónicamente con la perspectiva y los datos que obtiene el lector al buscar entre los renglones. Un buen ejemplo se observa en su reiterada insistencia en que es cuerdo, yuxtapuesta a sus acciones lúdicas e irracionales. Por otra parte, la estructura, la forma de la novela policial, cerrada, clara, absoluta, donde todos los cabos se atan al final, se subvierte irónicamente también. Mendoza utiliza elementos de la novela gótica (criptas, mansiones abandonadas) y la novela bizantina (encuentros fortuitos, coincidencias irrecuperables), para enredar y atrapar al lector en las redes de los misterios que confronta el narrador. Pero en contraste con los típicos finales cerrados y claros que explican o tratan de recuperar todos los eventos, desenmarañando al lector, los finales de las novelas en cuestión resultan poco claros. El narrador-protagonista resuelve sólo parcialmente los misterios por medio de procesos frecuentemente ilógicos, abandonando muchos cabos sueltos y confesando que no todo se ha descifrado al terminar su informe. Al final de *El misterio de la cripta embrujada,* el narrador dice: "Y yo iba pensando que, después de todo, no me había ido tan mal, que había resuelto un caso complicado en el que, por cierto, quedaban algunos cabos sueltos bastante sospechosos..." (177).

Las novelas de Mendoza brevemente estudiadas se pueden considerar entre las mejores del subgénero de la narrativa española actual. El humorismo cunde en dichas novelas, particularmente en todos los momentos en que la locura del protagonista y la realidad, o lo que el lector consideraría realidad o cordura, chocan. Pero ante todo, para el lector no es tan importante la resolución de los misterios como el proceso que conduce a tal determinación. La prosa jocosa, seductora de Mendoza preclude ese deseo de descubrir el misterio al final puesto que el paseo narrativo es un placer estético incomparable.

LA POÉTICA FEMINISTA DEL GÉNERO

En esta sección me propongo examinar novelas de seis escritoras españolas: Beatriz Pottecher, Lourdes Ortiz, María Aurèlia Capmany, Marina Mayoral, Carmen Riera, y Alicia Giménez Bartlett. Ninguna se limita al género negro en su narrativa y por lo tanto no se les puede clasificar exclusivamente como exponentes femeninos del *genre*. Sin embargo, como se demostrará en este estudio, existen un número de temas y motivos que las asemejan (en forma y contenido), y a la vez, las separan de los narradores *noirs*. Se podrá establecer que hasta cierto punto las escritoras en cuestión cambian y subvierten un género tradicionalmente masculino, reflejo patente de los tradicionales valores machistas y falocéntricos. Como resultado, el estereotipado hombre "duro" del género, el supermacho, el genial sabueso, ya frecuentemente no es representado en dichas novelas y menos todavía en aquellas escritas por mujeres. Los cambios más marcados se observan en la caracterización de los personajes femeninos, los cuales emergen como independientes, inteligentes, y física y psicológicamente fuertes. Esta presentación ofrece un gran contraste con la manera en que los personajes femeninos son delineados en las novelas "duras" escritas por hombres (verbigracia, las típicas mujeres de James Bond y las rubias que aparecen en la novela de Norman Mailer titulada *Tough Guys Don't Dance*). Pero hay que hacer constar la existencia de novelas por escritores masculinos que se burlan de los clichés del género negro y sus supermachos y figuras mitificadas hasta el borde de la caricatura. Tal caracterización estereotipada ya ha desaparecido en *Las islas extraordianarias* de Torrente Ballester, en que la única persona que posee la clave del misterio, manipulando al estereotipado investigador, es la joven que le salva la vida. A la par, los personajes masculinos en algunas novelas escritas por mujeres son débiles, *bimbos* en algunos casos, corrompidos, vanidosos, y definitivamente inferiores a las mujeres. Particularmente notable es que las mujeres son frecuentemente superiores moralmente a los hombres. Digna de mencionarse también es la inversión de papeles antes biológicamente determinados en obras de algunas escritoras que desconstruyen al género. Tales cambios establecen una nueva jerarquía que subvierte la establecida por el género negro y así abre nuevas avenidas a las trilladas novelas policiales.

Vale la pena observar aquí la existencia de una progresiva desmitificación, desconstrucción del género negro en sí de manera jocosa e irónica en las últimas dos décadas en el contexto español. No sólo debe notarse que el detective y Policía Plinio, de García Pavón, dista mucho de tener el atractivo erotismo que se asocia con el paradigma, sino también que las aventuras del "Gay Flower" (de PGarcía [*sic*]) no giran en torno a las hazañas de un hombre duro; se trata de un homosexual afeminado que presta tanta o más atención a las complicadas relaciones con los amantes como al asunto por resolver.³ Otros ejemplos desmitificadores, desconstructores se observan en algunas novelas de Torrente Ballester cuyas incursiones en el género se mofan del lector que espera un desenlace tradicional. En *Quizá nos lleve el viento al infinito* su protagonista es un androide; en *Yo no soy yo, evidentemente* se trata de un crimen probablemente inexistente, y el misterio acentúa la farsa.⁴ En novelas más recientes de Torrente como *La muerte del decano* hay un asesinato sin asesino, cuyo motivo no se descubre. El caso más extremo es el del "tough guy" investigador privado en *Las islas extraordinarias* que termina por asesinar al jefe de estado que le contrataron para defender.⁵ Queda patente, pues, que las mujeres no se encuentran solas en desmitificar/desconstruir al género, aunque (como se verá a continuación) despliegan una serie de enfoques nuevos y tratamientos originales.

Beatriz Pottecher nació en Madrid en 1961 y se licenció en Historia del Arte en la Universidad Central. *Ciertos tonos del negro*, su primera

---

³ En una ponencia inédita presentada en el congreso del Modern Language Association (New York, diciembre, 1986), examino tal inversión paródica.

⁴ Para más detalles sobre estas dos novelas véase mi monografía *La novela como burla/juego: Siete experimentos novelescos de Gonzalo Torrente Ballester* (Valencia: Albatros, 1989).

⁵ Vale citar lo que escribe Tzvetan Todorov en *The Poetics of Prose*, traducido por Richard Howard (Ithaca: Cornell U P, 1977) acerca de aquellas novelas que no se amoldan a su lista de características: "Here we reach a final question: what is to be done with the novels which do not fit our classification? It is no accident, it seems to me, that the reader habitually considers novels... marginal to the genre, an intermediary form between detective fiction and the novel itself. Yet if this form (or some other) becomes the germ of a new genre of detective fiction, this will not in itself constitute an argument against the classification proposed;... the new genre is not necessarily constituted by the negation of the main features of the old, but from a different complex of properties, not by necessity logically harmonious with the first form" (pág. 52). La novela negra femenina es una variación importante del género negro tradicional.

novela, se publicó en 1985. El estilo de Pottecher es seductivo a la vez que repelente. Seductor porque los giros verbales, los símbolos, las metáforas, la habilidad de capturar trozos de la vida soez de Barcelona atraen al lector y lo estimulan a leer sin detenerse. Al mismo tiempo, hay descripciones neo-naturalistas tan chocantes que repugnan y dan pausa. Por ejemplo, la siguiente descripción de una de las *bag ladies* con quien la protagonista establece amistad: "—Pues lo de las costras me viene de antes y no hay forma de que se me quiten. Y como me las rasco, pues me hacen sangre y mal olor... Entonces pues el Señor Raúl me cortó el pelo al rape y me puso esta peluca ortopédica" (Barcelona: Editorial Lumen, 1985, pág. 48). Otra descripción fascinante es la de la peluquera Lolita: "Madame Lolita era un tubérculo blanco y achaparrado que aún conservaba aires de mala mujer. En el vértice se coronaba con una madeja blanca como la nieve, a punto de nieve, enmarañada en punta a guisa de tupé" (30).

La narración de *Ciertos tonos del negro* utiliza dos perspectivas: primera persona y la omnisciente. Aquélla nos da una vista limitada de la narradora, Elsa, quien cuenta su descenso a los sótanos, los bajos fondos de Barcelona después de haber pertenecido a una familia argentina acomodada. La voz narradora omnisciente provee información sobre otros personajes o incidentes del pasado, a los cuales Elsa no tiene acceso. La combinación de los puntos de vista y la transición de uno al otro se consiguen con tan esmerada fluidez que el lector no nota tales cambios. El orden cronológico lineal se suspende frecuentemente para dar detalles sobre un pasado lejano y el más inmediato de Elsa. En este sentido, representa una combinación del *bildungsroman* y/o novela de maduración o liberación femenina con la novela negra. Aunque el lector no lo percibe al principio de la narración, Elsa paulatinamente consigue tomar control de su vida que, hasta ese momento, había sido dirigida por su marido después de su padre. Al parecer, la narradora se casó contra el deseo de sus padres con un joven escritor y revolucionario, Daniel, cuya reputación causa que se exilien a Barcelona donde viven durante años, sumidos en la pobreza, en pensiones paupérrimas, puesto que el escritor ha resultado un fracaso y sus muchos proyectos irrisorios tampoco consiguen mejorar la situación económica. Amargado por su fracaso, Daniel maltrata a Elsa física y psicológicamente, golpeándola o ridiculizándola hasta en la presencia de sus amigos: "Pavota, dice de golpe en un arranque de bilis, la voz hiriente frente a todos, imbécil, callate (sic) la boca… . De pronto te hundís en la más negra desesperación y el ridículo, sentís lástima de ti misma y se te afea el aspecto. Envejecés de súbito tantos años…" (225). Una noche en que Daniel tiene un ataque de asma, Elsa decide no llamar la ambulancia y su marido muere. Sin dinero y sin esperanzas de conseguir trabajo, Elsa camina por las Ramblas y áreas pululantes de maleantes y prostitutas. Se debe subrayar que Elsa no acostumbraba salir sola debido a su inseguridad y dependencia patética en el marido. La meticulosa descripción de la gente, las calles, el hedor de miseria y corrupción seduce y fascina, no sólo a Elsa, sino también a los lectores. A Elsa la experiencia le resulta traumática al iniciarla, pero luego se acostumbra y llega a burlarse del elemento criminal y machista. Elsa recibe noticias de que una amiga argentina ha llegado de paso a Barcelona con un kilo de cocaína que quiere vender. Elsa se pone en contacto con Laurio "el Negro," un sádico repelente y criminal quien ha matado a varias prostitutas y que vive con un travestí. Le pide ayuda para conseguir comprador. Después de lograr el negocio, mientras celebran el éxito de la venta, la noche antes de su regreso a la Argentina, Laurio se desmaya en el baño como resultado de haberse "pinchado" con heroína. Elsa lo lleva a la cama, lo desnuda y luego, por múltiples razones que justifican su furia contra el género masculino, lo mata. Podría decirse que Laurio representa para ella los valores machistas que destruyen a la hembra convirtiéndola en prostituta—no sólo prostituta callejera, sino vendida por medio del matrimonio. Al día siguiente, Elsa y su amiga se marchan para la Argentina con diez millones de pesetas, cantidad que incluye el diez por ciento que le correspondía a Laurio y que Elsa recoge después de matarlo. Elsa se ha vengado del patriarcado, a través de su marido dejándolo morir, y de la sociedad machista mediante el asesinato de Laurio. Además, ha burlado las leyes de la sociedad al traficar con drogas. La novelista se burla de los valores patriarcales, puesto que Elsa no sufre punición alguna por haber matado sino que disfruta independencia económica al final de la novela. En esta novela, no parece haber investigación en el sentido usado en este estudio, es más bien una indagación para dilucidar las motivaciones de la asesina. De hecho, he aquí una variante significativa del género.

Lourdes Ortiz, profesora de universidad, es autora de varias novelas y estudios críticos. *Picadura mortal* (1979) tiene como narradora-protagonista una detective privada, contratada para ir a Las Palmas a investigar la desaparición de Ernesto Granados, uno de los hombres más ricos y poderosos de la isla.[6] La novela se narra en la clásica primera persona y los incidentes se presentan a los lectores como si estuvieran sucediendo simultáneamente. Dicha forma narrativa es típica del género, con la diferencia de que en *Picadura mortal* todo se examina y analiza por medio de una perspectiva femenina. Bárbara Arenas constituye el complemento femenino del típico detective "duro" masculino; se diferencia por el hecho de que muy infrecuentemente recurre a la violencia para salir de los apuros y prefiere usar artimañas y la inteligencia para conseguir lo que necesita. La novela comienza un domingo por la mañana en el momento en que Bárbara se encuentra en la cama con un joven a quien trajo a su piso la noche anterior con grandes esperanzas luego defraudadas:

> No suelo tener mala suerte, pero hay tipos y tipos, y aquél había resultado de los de "apaga y vámonos": apaga para ver qué pasa y vámonos porque aquí no pasa nada.
> Mientras contemplaba a mi lado el cuerpo dormido de aquel muchacho rubio, tan tiernecito por otra parte, me preguntaba cómo puedo ser tan tonta para a mis veinticinco años no tener todavía claro aquello de que "quien con niños se acuesta...." (Madrid: Sedmay Ediciones, 1979, pág. 9)

La llamada de su jefe le permite deshacerse del amante inepto al aceptar el vuelo inmediato a la isla. He aquí un alejamiento del típico macho de la novela negra quien siempre queda satisfecho no sólo del placer recibido sino del que ha dado a la afortunada mujer que se ha acostado

---

[6] Entre los pocos artículos sobre esta novela se distingue el de Robert C. Spires, "Lourdes Ortiz: Mapping the Course of Postfrancoist Fiction" en *Women Writers of Contemporary Spain: Exiles in the Homeland*, editado por Joan L. Brown (Newark: Univ of Delaware Press, 1991), 198-216.

con él.

En Las Palmas descubre una situación sumamente complicada ya que hay muchos individuos, incluyendo los tres hijos y la joven esposa del supuesto difunto, entre otros, que se beneficiarían con la muerte de Granados. Después de varias muertes, arriesgados escapes, uso de drogas y una aventura sexual, Bárbara descubre que Granados fabricó su propia desaparición para liquidar a varios enemigos y chantajistas. Bárbara es "dura," como lo demuestran los siguientes renglones:

> ...que aquel tipo me confundiese con una fulana no tenía demasiada importancia... pero lo del dinero me ofendía porque el gordo me confundía con una fulana de tercera. ¡Seis mil pesetas! Había llegado el momento de actuar de forma que se le quitaran definitivamente las ganas de volver a incordiarme.... El golpe en la nuca fue tan rápido que cayó en el suelo sin haber tenido tiempo de decir ayyy. (71)

Bárbara también es incorruptible (rehúsa varias ofertas generosas para que se retire del caso), inteligente y, aunque liberada sexualmente, elige cuidadosamente a sus amantes. He aquí, particularmente, otro contraste con el típico *tough guy*, quien, por lo general, nunca dice que no y seduce a cuanta falda aparezca en las pistas que persigue. Las mujeres en la novela, aunque malas algunas, se delinean más convincentemente que los personajes masculinos—débiles, corrompidos, ignorantes, en su mayoría. Los personajes femeninos, por lo general, obedecen pero no cumplen: de una manera u otra logran burlar lo que se espera de ellas. Una de las nietas de Granados se casa con un individuo de negocios turbios contra la voluntad de su familia. La joven esposa de Granados es en realidad la amante del tercer hijo de éste; el padre, debido a la intervención de los celosos dos hermanos mayores, lo ha desterrado de la mansión y de la herencia familiar. La joven madrastra y Carlos planeaban apoderarse de la fortuna por medios que aunque no lícitos no requerrían ninguna muerte. Bárbara concluye que ellos no son culpables. La esposa del primogénito, aunque adicta a la heroína, tiene considerable influencia sobre la familia y por ello muere asesinada con una sobredosis. Al final, se descubre, mediante una foto que explica su pasado violento, que el viejo Granados es el culpable de su "desaparición" y de varios asesinatos, con lo cual la importancia de la presencia femenina en la familia se establece rotundamente. Lourdes Ortiz ha usado el clásico paradigma de la novela policial con una inversión del rol típicamente masculino y por ello subvierte las expectaciones del lector basadas en modelos machistas.

El chaqué de la democracia (1972) de María Aurèlia Capmany (catalana, nacida en Barcelona) es una novela experimental en cuanto al planteamiento, y también la forma como se aprecia en su empleo de métodos metaliterarios y autorreflexivos: un amigo de la narradora, Gregg, le pide ayuda con una disertación en la que trata de reconstruir una novela póstuma, inédita e intitulada, de Dennyson Heath, famoso escritor del género negro. En Salona, capital de Balvacária, un grupo de hombres influyentes tratan de impedir que el progreso llegue, pues diezmaría sus intereses creados. El poderoso industrial, Jeroni Corona, y el abogado de la causa obrera, Esteve Coris, mueren asesinados y el famoso agente de la "Gold Schell," Malhakias Ryt, es contratado para encontrar a los criminales. Los fragmentos del desordenado texto son finalmente reconstruidos y el lector descubre el proceso ordenador como un fascinante reflejo del contenido de la novela. Hay, por lo tanto, tres niveles de investigación: el primero es el que lleva a cabo la narradora al ayudar al amigo Gregg; el segundo consiste en las pesquizas de Mal Ryt para descubrir a los asesinos; el tercero pertenece al lector, provisto de muchas pistas falsas y callejones sin salida a la par que siguen las otras dos investigaciones. También existen varios tipos de discurso y textos narrativos: cartas entre la narradora y su amigo Gregg; la prosa coloquial típica de las novelas policiales; la retórica académica prevalente en tesis doctorales y artículos eruditos; y el tipo de escritura frecuente en documentos burocráticos y folletos turísticos ("La gente de Salona tiene fama de ser trabajadora, lo que no quiere decir que lo sea…. Salona posee un teatro, 10 cafés, 102 tabernas…" [pág. 107]). Al final los lectores pacientes se recompensan con el fascinante desenlace, pero, particularmente, porque del caos ha surgido el orden. Tal ordenación de los hechos se debe a la perspectiva femenina. Gregg nunca logra hacerlo, sólo la perspectiva femenina tiene la habilidad de crear orden. María Aurèlia es quien provee la versión definitiva que se inicia en la página 100 de las 249 que tiene la novela. La novela en sí es "género indiferente," pero por ser una novela experimental debido a la exigencia de reconstrucción o re-ordenación, presenta una dimensión nueva al género. Resulta digna de diferenciarse ya que hasta cierto punto ha subvertido al orden falocéntrico de la novela negra. Más que nada la subversión reside en que la inteligencia femenina vence a la masculina. Igualmente fascinante es el nuevo acercamiento al topos del manuscrito hallado, que resulta ser un rompecabezas que sólo la inspiración/intuición femenina logra resolver. Además, existen varios niveles de discurso en la novela. El texto o estilo discursivo no pertenece totalmente al género negro, ya que existen cartas entre Gregg y María Aurèlia, como también apuntes para la tesis doctoral que Gregg se propone escribir. Puesto que la novela trata de intrigas políticas y asesinatos, el habla típica de los políticos y la burocracia hace acto de presencia, como se indicó arriba. Esta dimensión de intriga internacional y poderosas compañías multinacionales no constituye un caso aislado en la narrativa de Capmany, quien presenta otro misterioso asesinato en *Las vitrinas de Amsterdam*. En *¡Lárgate, Yanqui!* un investigador privado («private eye») es contratado para que viaje a Albania en busca de un joven heredero de una gran fortuna quien ha desaparecido misteriosamente.

En *Al otro lado* (título que subraya el más allá), Marina Mayoral presenta la historia de una familia gallega de alta alcurnia con todos sus lunares, pero particularmente con la herencia genética de esquizofrenia de los abuelos. Los sucesos se presentan mediante un narrador omnisciente que alterna con las perspectivas de varios miembros de la familia (monólogos interiores, cartas, diálogos). Las mujeres abundan y son mucho más dinámicas e importantes que los varones. Olga, doctora en medicina quien trabaja en un hospital, rehúsa casarse con un amante que ha tenido por quince años, Alfonso, y continúa teniendo "amores clandestinos" de los cuales toda la familia está enterada. Según Olga, ella no desea las consabidas tareas que se tienen cuando hay un hombre en casa. Nati, solterona virgen, monologa en voz alta antes de dormirse por las noches y pierde su virginidad al detective privado que está investigando la desaparición de una mujer. Beni, artista homosexual, dirige una galería con Silvia, el personaje mas interesante de la novela. Silvia es una rubia tan sumamente bella que los hombres se suicidan por ella. Tiene visiones de gente a punto de morir y por ello la apodan el ángel de la muerte. Quiso casarse con su primo hermano Rafa en su adolescencia, pero los padres les recordaron que al haber tenido abuelos esquizofrénicos, sus hijos podrían tener grandes problemas psicológicos. Ellos obedecen a sus padres y se casan con otros. Silvia ha enviudado dos veces y su tercer matrimonio marcha bien. Rafa no ha podido sobreponerse al amor que siente por Silvia y ha continuado buscándola en un sinnúmero de mujeres. Llega el día en que sueña con una mujer muy parecida a Silvia a quien atropella en su nuevo coche. Le informa a Silvia de su sueño y, después de muchas investigaciones, eventualmente descubren que tal mujer existe, se llama Aura y ha desaparecido. Algunos acusan al marido de haberla asesinado. Rafa le pide a Silvia que le ayude a encontrar a Aura y esta excusa les provee muchos días juntos. Rafa, cuya esposa, Sara, es también doctora en medicina, le pide una noche a ella que lo inyecte con un somnífero puesto que él tiene problemas para dormir como resultado de su obsesión por encontrar a Aura. Al parecer, Rafa no le informó a Sara que había estado bebiendo y la droga combinada con el alcohol causan su muerte. Se dice que se suicidó por amor a Silvia y el no poder encontrar a otra mujer como ella. Nati, por el contrario, cree que Sara mató a su hermano porque éste le era infiel y estaba a punto de abandonarla. El detective en cuestión no tiene un papel importante en la novela y sólo provee otra clave para resolver el misterio de una mujer desaparecida. Esta desaparición, sin embargo, no es el tema principal de la novela sino una especie de eje narrativo para desarrollar los otros personajes de características peculiares. Al terminar la novela, varios cabos continúan sueltos. Aura probablemente ha desaparecido porque el marido la ha asesinado, como ha declarado el sobrino de éste, quien la ha amado locamente. La otra posibilidad sugerida por el marido es que Aura lo ha abandonado por otro (ella le fue infiel descarada y repetidamente) y lo ha hecho en una forma aparentemente siniestra para que él sufra las consecuencias. En cuanto al desdichado Rafa, ¿ha logrado Sara cometer el crimen perfecto o se suicidó Rafa? Silvia tiene otro colapso psicológico como resultado de un joven que viene a la galería para suicidarse en su presencia (se da una puñalada). Esta es su tercera o cuarta depresión nerviosa como resultado de ver a la gente morir antes de que suceda.

La novela, no totalmente negra, ofrece una galería de mujeres muy interesantes e inteligentes que proveen al lector con una perspectiva fascinante de la alta burguesía en la España posfranquista, aun y cuando tanta concentración de raros y anormales parece poco verosímil. El lector, a la par que Rafa y Silvia, querrá resolver el misterio de esta mujer, Aura, tan parecida a Silvia, por lo menos en el aspecto físico ya que no se sabe mucho en cuanto a su personalidad. A pesar de que el enigma no se resuelva al final, el proceso de búsqueda y las presentación de los personajes entretiene lo suficiente para que el lector no quede defraudado. Es una novela abierta, cosa poco frecuente en el género, aunque en la dimensión "real," del lector, hay miríadas de casos criminales por resolver.

La novela de Carmen Riera (*Por persona interpuesta*) consiste en el misterio alrededor de un escritor hispanoamericano de un mítico país llamado Itálica. El título en castellano no es tan clave como el original en catalán: juego de espejos. Una joven estudiante de posgrado, Teresa Mascaro (cuyo apellido subraya uno de los temas de la novela), al entrevistar al escritor quien es el tema de su tesis, descubre incongruencias en su comportamiento y sus sospechas aumentan cuando el escritor muere misteriosamente en un hotel de Barcelona pocos días antes de pronunciar un discurso acerca de la paz. La novela se desarrolla a través de varios textos (en algunos casos inéditos) narrados por diferentes individuos—diarios y cartas de la joven estudiante, manuscritos y un epílogo que informa de la desaparición de la joven después de haber ido a Itálica a investigar los orígenes del escritor en cuestión, Corbalán. En el proceso de investigación se descubre que Corbalán había robado el manuscrito de una novela que estaba escribiendo Antonio Gallego, su *Doppelgänger*, y que los datos autobiográficos en cuanto a sus orígenes que Corbalán ha diseminado pertenecen a Gallego. A través de su historia, Itálica había sido gobernada por dictadores sangrientos que impedían la expresión libre de sus ciudadanos. Por lo tanto, y sobre todo por pertenecer a grupos de la oposición, Corbalán y Gallego sufrieron a manos de los dictadores. Pero, gracias a su reputación internacional como escritor y su picardía, Corbalán padecía menos que Gallego. Al ascender al poder un dictador singularmente sanguinario, ambos individuos son encarcelados y Corbalán muere. Llega un momento en que la presión internacional es tal que el gobierno dictatorial decide que Gallego, quien conoce muy bien la obra de Corbalán y tiene un parecido físico extraordinario, podría, después de ciertos toques quirúrgicos en el rostro, impersonar al famoso escritor, como también terminar, irónicamente, un manuscrito inconcluso de Corbalán. Todo sale como se esperaba, excepto que Teresa Mascaro descubre el engaño y logra informarle a alguien (al final de la novela se sabe que esa persona es su agente literario, Celia Bestard) de lo ocurrido y le envía un texto de Gallego donde éste explica lo que ocurrió. La novela no revela al final si el público ha descubierto la impostura.

He aquí una variación del tema de investigación. Es un tema académico (que recuerda la novela de Torrente Ballester, *Yo no soy yo, evidentemente*) en que la investigadora se basa en textos y cuestiones literarias para encontrar las claves que la llevan a la verdad de los sucesos y en esto no deja de ser relevante la profesión académica de la autora. Lo notable también aquí es el juego de espejos que aparece a través de la novela en cuanto a los dos individuos en cuestión. Corbalán y Gallego se complementan en el hecho de poder suplantar los textos del "otro," como también las vidas y personalidades. Al terminar el texto, la novela queda abierta por el número de lagunas. No se sabe con certitud cuál es la realidad: Gallego no es un narrador fiable por su odio a Corbalán y Mascaro ha desaparecido y se supone asesinada, junto con la hermana y la amante de Gallego. Gallego/Corbalán es enterrado en Barcelona.

Se debe notar también que la novela contiene intertextos que sirven como *Leitmotif* del tema principal, el cuál se resume en dualidades que se desdoblan: realidad *vis-à-vis* apariencias, verdad *vis-à-vis* mentira. Se notan particularmente en los apuntes sobre las relaciones entre Goethe y Bettina Brentano, a las cuales Teresa Mascaro alude frecuentemente ya que ella quisiera encontrar paralelos entre esta pareja "artística" y otras parecidas. También son indicios claves la palabra máscara y sus variaciones como *Imago* (una revista literaria); y el intertexto de Oscar Wilde: "Give me a mask and I'll tell you the truth." Igualmente la cita de Nietzsche: "Truth is no longer true once it has been revealed."

Además de la crítica social obvia de las dictaduras sanguinarias tan prevalentes en el mundo hispano, la novela de Carmen Riera consigue distinguirse por la dualidad imperante del texto: realidad/ficción o verdad/falsedad. Tal dualidad le imprime una profundidad particular al texto y lo distingue de otros donde las dualidades no se amalgaman y el lector puede discernir entre las dos muy fácilmente cuando la novela llega a su fin. El uso sistemático de paralelismos, efectos de espejo o de duplicación además de personajes doblados contribuyen a aumentar las dificultades experimentadas por los lectores al intentar discernir entre lo verdadero y los espejismos. Este aspecto especular del texto de Riera ha sido examinado por Janet Pérez en "A Game of Mirrors: Specularity, Appearance, Doubling and *trompe l'œil* in Carmen Riera's *Joc de miralls* (*Critical Essays on Carme Riera*, eds. Kathleen Glenn, Mirella Servodidro, and Mary Vázquez [Lewisburg, PA: Bucknell University Press, 1999], 153-176).

Alicia Giménez Bartlett se ha distinguido en las últimas dos décadas por sus novelas policíacas de gran imaginación y suspenso. La inspectora de policía, Petra Delicado y su subordinado, el subinspector Fermín Garzón, se caracterizan por sus habilidades deductivas en varias novelas negras, dos de las cuales se analizarán a continuación: *Ritos de muerte* (1996), la primera de la serie de aventuras de Petra Delicado, y *Día de perros* (1997).

El argumento de *Ritos de muerte* es simple: reproduce la búsqueda de un violador serial que deja una rosa tatuada en las víctimas. Después de muchas peripecias y callejones sin salida, Petra y Garzón logran descubrir al culpable. En el proceso de investigación, llegan a confrontaciones con los medios publicitarios cuando ella rehúsa proveerles con información sobre el caso. Petra narra los sucesos y aprovecha la oportunidad para filosofar sobre la vida, la situación social, la política, y la burocracia, todo desde una perspectiva feminista que choca con el machismo hispano que acecha en todas las esquinas.

Petra es una mujer moderna: se ha casado dos veces y la segunda vez con un hombre más joven que ella. Ella y su primer marido tenían un bufete prestigioso y acomodado. Tal vida la aburre y decide meterse a policía, divorciarse del primer marido y casarse con un hombre más joven. Desafortunadamente, la falta de madurez del segundo marido conduce al divorcio también. En efecto, tales pormenores contribuyen a la caracterización de Petra como una mujer independiente que busca algo diferente de la vida: el típico hogar con familia no le interesa. Igualmente distintivo es un dato que contribuye a subrayar su personalidad: el uso de tacos. Garzón usa un lenguaje refinado mientras que Petra choca a su ayudante frecuentemente por las groserías que dice. También es de notar que en las típicas novelas duras escritas por autores masculinos los cuerpos femeninos se describen lujuriosamente. Petra describe a un cuerpo masculino atractivo con detalles y sugiere el despertar de un deseo sexual por el hombre que observa. Estos ejemplos esquematizan la inversión de roles que Giménez Bartlett ofrece en las novelas estudiadas, una táctica explotada por otras autoras cuyas variantes feministas sobre el género resultan subversivas a la vez que irónicamente cómicas.

Entre los elementos frecuentes se encuentran la autorreflexividad, parodia del lenguaje oficial, humorismo y las repetidas comidas. Hércules Poirot se menciona (125) y Petra le dice a Fermín: "... Por una vez montaremos la investigación como en las películas americanas..." (231). Tales alusiones a un famoso detective y al cinema tratan de borrar la línea divisoria entre la realidad dentro/fuera del texto. La burla del lenguaje oficial igualmente contribuye a la verosimilitud del relato: "Me entusiasmaba el lenguaje oficial de los guardias, tan rígido y rebuscado como sacado de una instancia antigua, 'interfectos que pernoctan en sus domicilios,' 'inspección ocular,' 'como un legajo cargado de firmas y sellos' " (85). Las comidas son limitadas y rápidas. No se degustan aquí las recetas de platos que describe Vázquez Montalbán y otros escritores del género, sino que se acerca más bien a un reflejo de las comidas típicas del proletariado.

Hay dos intertextos en la novela que contribuyen a recalcar el carácter independiente de Petra y sus creencias feministas. En los siguientes renglones Petra rememora una conversación con Garzón y su personalidad conservadora:

> ...Se espera otra cosa de una mujer. Comprensiva con los débiles, solidaria con su sexo, recatada en la expresión, lamentando que en el mundo exista tanta maldad. Pobre Garzón, iba a encontrarse con un bocado difícil de roer, y ni siquiera conocería a Shakespeare, ni a Don Juan Manuel, con lo que la doma de la bravía no le serviría de guía espiritual. Horizontes limitados, vida lineal, nada que ver con las profundas simas y súbitos remontes de la mía. (38)

La alusión aquí es a dos obras que tratan del proceso utilizado por hombres para domesticar a sus mujeres: *The Taming of the Shrew* y "Lo que sucedió a un mozo que casó con una muchacha de muy mal carácter." El segundo intertexto por igual destaca la personalidad independiente de la protagonista-narradora. Petra no tiene nada de romántica en el sentido popular y los boleros sentimentales no la conmueven: "En la música de ambiente sonaba uno de esos boleros cocidos y pastosos. 'Dime por qué nos separamos. Dime por qué el tiempo jugó con nuestro amor'" (61).

Día de perros, el segundo ejemplo de cómo Jiménez Bartlett concibe el género, es narrado retrospectivamente por Petra. El caso que al principio parecía modesto se complica al final. Además de denunciar la crueldad contra los perros, la vivisección en particular, la autora ofrece una incursión a los sotános físicos y psicológicos de un mundo miserable y salvaje. Como en *Ritos de muerte*, existe una inversión de roles: Petra se expresa con tacos, tiene un gran apetito sexual y critica el machismo predominante en la sociedad española. También aparecen frecuentes referencias irónicas al matrimonio y Petra bebe mucho licor.

Ejemplos metaficticios reaparecen igualmente en *Día de perros*. Se relata una conversación entre Petra y Fermín respecto a regalos que éste le lleva a una amiga. Entre los regalos se encuentran las poesías completas de Neruda, dos novelas americanas y una guía de perros. Petra le pregunta si no le dará una novela policial y Fermín responde: "Dice que son una tontería. Angela es una mujer muy culta, muy selecta" (181). De la misma manera, aparece un comentario autorreflexivo en otra ocasión cuando Petra necesita ayuda y telefonea a un vecino y éste llega de una manera inesperada: "No se presentó en pijama como lo requería el guión de película americana, pero al menos iba sin peinar" (195). Asimismo, en los siguientes renglones Petra filosofa de forma vagamente autoconsciente que "Toda la vida me había apetecido que me sucedieran cosas como las que les pasan a los detectives en las películas" (234).

El texto contiene una miríada de voces populares que contribuyen a crear un ambiente típico de la calle y ofrecen una perspectiva del tipo de personas con los cuales los detectives se mezclan. Asimismo, como se observó en *Ritos de muerte*, los intertextos contribuyen irónica y paródicamente a delinear la personalidad de Petra y sus características:

"—¡A, la terrible Petra, follar o no follar, ésa es la cuestión!" (196)

Las comidas en esta novela tampoco son un elemento substancial y sólo sirven para acentuar ciertos elementos esenciales que el narrador desea resaltar. Cuando cenan con dos expertos para adquirir una mejor idea sobre los perros y sus dueños, los platos se mencionan *en passant*, mientras que las palabras de los eruditos quienes filosofan sobre sus teorías perrunas, son anotadas cuidadosamente. Indistintamente, para acentuar el machismo de Fermín, Petra describe como éste no puede seguir las direcciones de un libro de recetas, se enoja y acusa el libro de tener un vocabulario difícil. Petra le dice: "—No, no es culpa del vocabulario, Fermín, lo que ocurre es que usted piensa inconscientemente que nunca aprenderá esas cosas. Es más, en el fondo de su corazón, cree que son una maricon ada y que no tiene por qué esforzarse mientras haya mujeres que sepan hacerlas" (142). A lo cual Fermín replica: "—¡Vaya, lo que me faltaba es justo una filípica feminista!" (142).

Ritos de muerte y *Día de perros* representan otra incursión femenina en el género policial. Alicia Giménez Bartlett subvierte a la estereotipada novela policíaca al soliviantar, en particular, la característica y tópica estructura convencional y machista del trato entre géneros. La mujer resulta independiente, vulgar en el uso de tacos, sexualmente activa, inteligente, mientras que el macho, Fermín en este caso, es figura muy conservadora, con muy poca experiencia sexual y cuidadoso con su vocabulario. Además de entretener, la novela filosofa sobre la condición femenina en España y la problemática de la comunicación entre los sexos.

Esta breve selección, sin ser exhaustiva, indica la variedad de tratamientos femeninos de la novela negra. No es cuestión simplemente de invertir los papeles masculino y femenino, sino que se incorporan nuevas dimensiones y múltiples estructuras al mismo tiempo que se emplean la inversión, la sátira, la parodia e ironía para subvertir los estereotipos machistas petrificados del género negro.[7] La escritura

---

[7] Se han excluido de esta monografía un par de novelas policíacas de Marina Mayoral ya estudiadas por Phyllis Zatlin en "Detective Fiction and the Novels of Mayoral." *Monographic Review/Revista Monográfica* Vol. III (1987), 279-87. También hay artículos por Margaret E. W. Jones, "El mundo literario de Marina Mayoral: Visión

femenina no hace mucho tiempo era calificada por el establecimiento crítico como autobiográfica en extremo; llena de eufemismos; limitada a temas trillados como las relaciones entre madres e hijas y los problemas de la maternidad; débil, rosada y floreada; colmada de personajes incompletos, caricaturescos, dóciles e intuitivos. La narrativa femenina se consideraba menos compleja, con muy pocos problemas que analizar y una estructura lineal y convencional, resultando en textos con muy poca experimentación e innovación formal. Por lo tanto, al apropiarse del género negro, antes por ende un género machista, las escritoras no sólo desacreditan ciertos juicios del establecimiento crítico, sino también subvierten, desconstruyen, parodian, experimentan y en ocasiones hasta mejoran un *genre* que por identificarse con el género masculino tan estrechamente, parecía vedado a ellas.

El detective gay: Gaylor Rose Flower, el detective *gay* de Pgarcía

Como resultado de la apertura democrática en España la novela negra renace y abre las puertas a todo tipo de "héroe duro." Gay Flower, el "detective diferente" del panteón de los notables personajes policiales, nació como idea en 1975. Pgarcía (que firma sus escritos sin punto entre las dos primeras consonantes, como el Psmith de Woodehouse) nació en Valencia. En *El método Flower*[8] el autor explica los orígenes del

---

posmoderna y técnica de palimpsesto," *España Contemporánea* Tomo V, Núm. 2 (otoño 1992), 83-91, y Concha Alborg, "Marina Mayoral's Narrative: Old Families and New Faces from Galicia," en *Women Writers of Contemporary Spain: Exiles in the Homeland* editado por Joan L. Brown (Newark: U of Delaware P, 1991), 179-197. Por falta de espacio también se excluye *El bandido doblemente armado* de Soledad Puértolas en la que la autora toma como punto de partida varios pesonajes de *El largo adios* de Raymond Chandler. Esta novela se examina en el estudio de Janet Pérez titulado *Contemporary Women Writers of Spain* (Boston: Twayne Publishers, 1988), pág. 167.

[8] Partes de este ensayo fueron presentadas en una ponencia titulada "Arquetipos de la novela negra estadounidense en algunas novelas de Pgarcía," en el congreso del Modern Language Association, New York, December 27-30, 1986. Entre los escasos estudiosos de Pgarcía se encuentra Pablo Gil Casado en su estudio *La novela deshumanizada española (1958-1988)*, Barcelona: Anthropos, 1990.

personaje. Dicho personaje vió la luz como resultado de la lectura del cuento de Woody Allen, "La puta de Mensa." Como resultado del inicio de las postrimerías del franquismo, y teniendo en cuenta el contexto social, Flower se realizó como una parodia siguiendo los modelos del escritor estadounidense. Teniendo en cuenta todos los topos del género (en cuanto a la personalidad distintiva del investigador, la sexualidad, las comidas, etc.), Flower se burlaría de todos. La primera aparición de Flower iba a tomar lugar en una publicación erótica y de destape femenino titulada *Flashmen*. Pero la revista fracasó antes de que se publicara el primer texto. Dos años más tarde *Lui* publica los dos primeros relatos cortos que dan base para las subsiguientes novelas y en donde ya aparecen algunos de los principales acompañantes de Flower: Azalea, la camarera superseductora, la albina Sargento de Homicidios Betty Jo Trevillyan, de la Policía de los Angeles, y la Fulwider, la hercúlea ayudante negra. La parodia se extendió a canibalizar algunos cuentos de Chandler, tomando sus argumentos y reescribiéndolos. Pgarcía ha visto con claridad todos los clichés de la novela negra, ha comprendido su poética con acierto completo, y ha sabido convertir sus estereotipos y frases fijas en una fórmula magistralmente seleccionada que utiliza para las novelas de Flower. Así nos ofrece un conjunto que contiene toda la violencia, el erotismo, el argot, la hipérbole, y el habla estereotipada del género: *tough talk*, *wise-cracks*, cinismo y humor de patíbulo, combinados con crítica de una sociedad corrupta. Como hecho curioso, García no retrata la sociedad española, sino que prefiere el medio ambiente del Sur de California (resultando en algunos errores geográficos, que sugieren que el autor no conoce muy bien el área). Acaso lo conozca principal o totalmente a través del cine, aunque hay que reconocer que tratándose de una parodia, el realismo o la verosimilitud, la fidelidad a los supuestos hechos y ambiente, no son una preocupación importante del autor. De la misma manera, se encuentran algunos anacronismos, sean deliberados o inconscientes, que acusan el hecho de escribir por referencias y no por experiencia personal. Emplea la narración autobiográfica, o sea, primera persona, con todos los similes pintorescos, imágenes evocativas y a veces sorprendentes que caracterizan el típico héroe solitario del género, que lucha contra la sociedad en el intento de arreglarlo todo. Tal poética "negra" se ve acrecentada en las novelas de Pgarcía por un detalle notable: su héroe es homosexual, como lo proclama su nombre. Pgarcía utiliza parodicamente la técnica de inversión, igual que el hecho, y así las escenas eróticas siguen la fórmula de los escritores creadores de *tough guys* cuando presentan a las mujeres, pero los objetos descritos son jóvenes bellos. Otro detalle igualmente importante es que las novelas en cuestión son autorreflexivas, metaficciones, donde los intertextos cunden y en las cuales se mencionan personajes de otras novelas policiales, como también a sus autores (a los cuales se les denomina "biógrafos" en vez de autores de ficción). Todo esto refleja la tendencia a mezclar/confundir verdad/historia y ficción (como proclama Torrente Ballester frecuentemente: La ficción es historia; la historia es ficción—he aquí un punto clave del "neohistoricismo"). De manera parecida, se aluden a otros intertextos como el cine y la historia, mencionando a actores y a personajes históricos. Este elemento de subvertir aspectos machistas del texto paralela las novelas "feministas"del género.

A continuación se examinarán muestras representativas de la serie de Flower, a fin de presentar a grandes trazos la técnica paródica de Pgarcía. La primera novela que se examinará se titula *El nombre es Flower* (1982), y subraya el egocentrismo típico del protagonista de dichas novelas. En un prefacio a la novela, el detective-narrador reflexiona sobre ciertos lugares comunes del género:

> La vida de los detectives particulares se encuentra impregnada de violencia, corrupción y sexo. Cuando los que nos dedicamos a este trabajo escribimos nuestras memorias, pormenorizamos la violencia intrínseca de la sociedad actual, nos extendemos con complacencia sobre los matices de lo corrupto y, sin embargo, dejamos de lado los perfiles sexuales que tanto juegan en los destinos de los humanos. Sin una explicación de la sexualidad, las narraciones de nuestros casos se quedan romas. De ahí la justificada crítica que se hace a nuestros escritos.
>
> Yo me obligo a la sinceridad, por más que pueda sufrir mi imagen. Es lo menos que puedo hacer si quiero que algún día se

pueda comprender lo que ha sido la vida del investigador privado en la sociedad americana del siglo XX.

GAY FLOWER

Con tal preámbulo, se implica que la intención es dotar a la novela de ese superrealismo que forma parte integral de la novela negra. Lo que sigue a continuación, sin embargo, resulta una inversión paródica de uno de los clichés del género, los silogismos que llevan a conclusiones acertadas. En el caso de Flower, llevan a deducciones absurdas, a pesar de cierta lógica, por ser excesivamente obvias e intrascendentes:

> ¿Por qué cedía la puerta?
> Deduje que porque le daba la gana.
> ¿Quién era la puerta para decidir por su cuenta?
> Deduje que nadie.
> ¿Puede nadie decidir por su cuenta?
> Deduje que *nadie* equivale a *nada* y que, por lo tanto, la deducción era dialécticamente imposible. (12)

Posteriormente descubre que el cerrojo no estaba en la puerta, y al cuarto o quinto intento de investigar y deducir, se fija en que es una puerta a la cual no se había instalado cerrojo. Tales descubrimientos anticlimácticos que atestiguan las defectuosas capacidades de observación o poderes de "detectar" contribuyen a distanciar al lector, haciendo que se fije en la naturaleza estereotipada del episodio en cuestión. De manera parecida, Flower observa tres coches, y emprende una investigación. Llegando al tercero, observa:

> Tenía el radiador caliente, lo que demostraba que había sido usado muy recientemente. Busqué la cédula y comprobé que estaba inscrita a mi nombre. Podía haberlo adivinado desde el principio, pero no quise correr el menor riesgo. En esta profesión conviene no dejar nada al azar. (13)

Esta lleva la habilidad de "detectar" al mínimo, pues ni "reconoce" su propio automóvil, que es una reducción al absurdo (clásica técnica paródica). Por otra parte, contrasta con las conclusiones descabelladas a las cuales llega el investigador, siguiendo principios "lógicos." No se debe descartar la probable parodia del prototipo de investigación "cerebral," Sherlock Holmes, que llegaba siempre a conclusiones insospechadas, aunque de lógica infalible.

De vez en cuando, las reflexiones del narrador vienen subrayadas por una nota del editor que sirve para recalcar otro aspecto patente, estereotipado de la novela policial, el tema del lucro y la venalidad. Así, por ejemplo, el narrador-protagonista observa, "Cada uno va a su negocio. Con tal de ganarse unos centavos, hasta el más amante hijo vende a su madre. A ese extremo de podredumbre hemos llegado" (14-15), y el editor comenta: "Este párrafo agudamente crítico y desesperanzado sirve para inscribir esta obra en la más pura y exigente de las categorías de la 'serie negra'" (15). Otro ejemplo de la misma técnica se encuentra en los siguientes renglones:

> Detrás de mí quedaba un panorama de sangre y muerte. Eran las consecuencias lógicas de una sociedad deshumanizada, en que sólo impera el lucro y en la que hasta alguien que se llama amigo es capaz de colocarte un género inadmisible sin darte opción a reclamar con tal de embolsarse unos dólares. Si todos actuasen como yo, en dos días la gente aprendería y el mundo funcionaría mejor. Pero no me hacía muchas ilusiones. Hay demasiados intereses creados. (29)

A esto sigue otra nota del editor que opina: "Otra brillante disquisición de percutiente crítica social, que nos reafirma a clasificar la presente obra entre las más típicas del género *hard boiled*" (29). Este uso del editor—puramente cervantino en cuanto a la inserción de autocrítica y autojustificación—es infrecuente en el género negro y contribuye a la originalidad de las novelas de Pgarcía.

Veamos ahora una bosquejo que parodia las descripciones de las mujeres en la típica novela policial: "Se volvió hacia mí y el sol oblicuo dio una aureola a su cabeza cubierta. Tenía una clase de belleza sobrecogedora: pelo oscuro, ojos castaño claro y piel casi cobriza. La camisa se le pegaba al torso modelando unos perfiles de tentación. Condon siempre se distinguió a la hora de elegir sus empleados" (31). El objeto descrito no es la hembra tentadora, sino un "muchachote," como se le apela unos renglones más abajo.

Paralelamente se parodia el estereotipado, supuesto odio de los homosexuales hacia las mujeres:

—¿Qué puede contarme Millicent?
—¡Miss Condon es una puta!—declaró con arrebato.
Dije que ya me había dado cuenta.
—¡Todas las mujeres son unas rameras!—añadió en el mismo tono de vehemencia.
—Usted y yo nos entendemos a la perfección, querido. (33)

También las descripciones de las reacciones de los personajes a situaciones inesperadas parodian magistralmente a las novelas negras. Incluso se parodian los juegos basados en resolver crímenes (y *parlor games* de este tipo han existido por generaciones): "Mister Burman se puso pálido. Miss Benson se puso lívida. La pareja cambiaba de color con la facilidad de un anuncio luminoso" (50).

Se encuentran aspectos metaficticios particularmente en los ejemplos siguientes donde salen a relucir novelistas de la *Black Mask School*, con las respectivas notas del editor:

—Me llamo Benjamin Morris y pertenezco a la empresa editora de *Black Mask*. Hemos oído hablar de usted y nos interesa que nos ayude en cierto trabajo.
. . . . .

Como el lector no ignora, se trata de la revista que popularizó el género "negro," en la que se dieron a conocer autores de la categoría de Dashiell Hammett y Raymond Chandler. (64)

Siguiendo con la conversación entablada entre Flower y el visitante de la editorial, se aclara que ya no reciben el mismo rendimiento de uno de sus escritores a contrato:

Siguió explicando que sospechaba que el autor que tenían empleado, en sus horas de descanso en vez de entregarse al reposo debía seguir escribiendo, probablemente una novela larga para ofrecerla a otra editorial y librarse de la servidumbre de componer relatos cortos para su revista. Creía que sus planes consistían en publicarla bajo seudónimo, costumbre bastante extendida entre los de su calaña, y si alcanzaba el éxito descubrir la verdad y liberarse de *Black Mask*. El escritorzuelo en cuestión se llamaba William Riley Burnett. (65)

Esta vez, el editor puntualiza: "Y como el lector ignora menos todavía, se trata de un personaje real, preclaro autor de la 'serie negra,' autor de *Los césares mueren también* y *La jungla de asfalto*, entre otras famosas novelas del género" (65). He aquí el tema del maltrato de escritores a manos de editoriales que se observa en Torrente Ballester (*Off/Side*). En Carmen Riera, de manera metaficticia, se describen relaciones editoriales algo menos abusivas.

Como es típico también en las novelas negras, el detective o héroe es confrontado por un jefe de policía con quien sostiene una relación poco amigable. En el caso de Flower, se trata de una mujer apodada la Mantis Religiosa, porque antes de mandar a sus subalternos a misiones suicidas copulaba con ellos. También aparece en el texto el agente Marion Fulwider, adicta a la gimnasia y a las pesas, y por ello muy musculosa y con todo el aspecto de una amazona. Por si no fuera obvia la inversión paródica que motiva la presencia de mujeres en dichos papeles, se lleva la inversión al terreno erótico. La citada amazona, de una fuerza y figura masculinas, se enamora de Flower cuando éste se viste con prendas femeninas para trabajar en un caso especial, y llega al extremo de violarlo (sodomizarlo) brutalmente.

El título, *El nombre es Flower*, es otro intertexto que alude a la novela de McDonald, *The Name is Archer*. El argumento gira en torno a los intentos de Flower de descubrir el asesino de un buen amigo, antiguo fabricante de condones, a la vez que participa en el rescate de un testigo muy importante. Asiste a la primera e histórica derrota de Perry Mason en el foro, y al final es acompañado por Ginger Rogers para desmontar una conjura de las altas esferas contra Cary Grant. Al final de la novela, Gay and Cary salen de brazos a la calle. Lo que antecede va bastante más allá de las alusiones a autores de novelas negras, "personajes" de la vida, pues pone a todos—entes de ficción y actores de cine, personas de carne y hueso—en el mismo plano ontológico. Así destruye la supuesta frontera entre vida/verdad y literatura/ficción.

Volviendo ahora a otro ejemplo, *Flower el aparato* (1982) se divide en dos partes tituladas "La chica del órgano"y "El órgano de la chica." Como antes, aparecen una galería de personajes sacados tanto de la vida real como de la ficción negra, además de los personajes ya establecidos en la vida de Flower como Betty Jo Trevillyan, la albina sargento de policía a quien se conoce como la Mantis Religiosa y Marion Fulwider, su ayudante de color, fuerte como un coloso y sodomizadora de Flower. Una vez más la introducción a la novela, supuesta biografía, es una especie de prólogo edificante y ofrece una meditación pseudomoralizante. Lo que sigue sale del ámbito literario para satirizar elementos derechistas, o de religiosidad extrema—el fanatismo político y "moral" al apropiarse de su discurso autojustificante e hipócrita:

> La sociedad de nuestro siglo, con el progreso y el confort que hemos logrado, sería un paraíso de no contar con dos enemigos implacables: la corrupción que generan las clases privilegiadas y el uso que del sexo hace la mujer. Sólo un detective privado, que por su ocupación bucea en las más oscuras simas de las relaciones humanas, llega a percatarse de tales puntos negros. La corrupción de los privilegiados es denunciada con cierta frecuencia por los intelectuales progresistas. En cambio, cuanto implica el uso que las hembras hacen de la sexualidad, resulta sistemáticamente silenciado. Unicamente tipos excepcionales como Flower, a los que no importa el maniqueo rechazo de la comunidad que les etiqueta peyorativamente como desviados, son capaces de adoptar una actitud lúcida y militante ante las féminas que buscan la humillación y la aniquilación del hombre con el arma letal que ocultan a mitad del cuerpo, entre las piernas.
>
> G. FLOWER

Un tercer ejemplo es *Demasiados muertos para Flower* (1983), cuya acción transcurre en California, mediada la década de los cuarenta. Hay un sinnúmero de anacronismos (rasgo típico de las novelas de Pgarcía). Un cliente contrata a Flower para que logre que el hijo que se escapó de casa vuelva al hogar. Pero el trabajo resulta extremadamente difícil, pues se halla pronto inmerso en un asunto que ya le ha dado muchas dificultades a la policía, a la F.B.I., y hasta al propio State Department. La albina y la afro-americana hacen acto de presencia y ven cómo el camino recorrido por el detective muy privado se siembra de cadáveres, para terminar mezclado con altos representantes de la política estadounidense y representantes del comité del notorio senador McCarthy. Los rastros conducen a Flower hasta el centro mismo de la intriga, ocupada por una organización que hace comercio con las teorías de Wilhelm Reich (la liberación de las inhibiciones y el logro de la salud cósmica) y la Sexpol para su mejor beneficio. En las últimas páginas de la novela, en recompensa por resolver este caso tan difícil, la Mantis permite a Flower que la sodomice.

Otra novela de la serie, *Flower en el tataranieto del "Coyote"* (1985), tiene como advertencia los siguientes renglones: "La mayoría de los personajes de esta novela son imaginarios. Unos son imaginarios del autor y otros son imaginarios de otros autores." Lo cual es una posible parodia de famosos programas televisivos como "Dragnet" con su proclamación de rigor al final de la autenticidad/veracidad de los casos y hechos y eventos: *"only the names have been changed to protect the innocent."* También hay una nota del transcriptor (11) con un apunte tomado de *Breves biografías* donde se le informa al lector sobre la legendaria figura de "el Coyote." Dicho individuo existió a mediados del siglo XIX en California y era temido por todos aquellos que vivían al margen de la ley—una especie de "Zorro" invertido. En esta aventura, Flower se topa con un individuo ataviado con chaqueta de charro y adornos plateados, sombrero mexicano de alas anchas, que vela sus facciones tras negro antifaz y dice llamarse "el Coyote." Además aparecen un grupo de encapuchados (llamados Banda de la Calavera) que cometen una serie de asesinatos de homosexuales y por ende aterrorizan a la ciudad de Los Angeles. Dicha situación impela a la albina sargento de policía a pedir ayuda a Flower. Sumándose a los personajes mencionados, emerge un coro formado por celebridades de la investigación novelesca, tales como Philip Marlowe, Lew Archer, Perry Mason, Simon Templar, y los hermanos Lugones, para mencionar solamente unos pocos. Flower descubre que el jefe de la banda y el Coyote son la misma persona que ha sufrido una reacción esquizofrénica al enamorarse de la Mantis Religiosa:

> ...al conocer a Miss Trevillyan y enamorarte de ella el conflicto que se te planteaba derrumbó las débiles barreras de tu razón. A la Trevillyan sólo la consiguen aquellos que pueden morir por causas relacionadas con el crimen, que tampoco está muy bien de la azotea. En cuanto lo supiste tu mente desquiciada hizo crisis desdoblándose en las dos partes que siempre ha habido en los Echagüe: la homosexual y la viril. Tu yo *gay* encarnó en *el coyote*, tu yo macho en *el Gran Calavera*, enemigo declarado de los mariquitas. Y tanto uno como otro, bajo una pulsión erótica y autodestructiva, aspiraban a ser descubiertos por la Mantis para que se llevase a don César a la cama. (176)

A través de este examen de algunas novelas de Pgarcía, es aparente que el autor ha logrado parodiar al género negro exitosamente. Dichas novelas no pueden considerarse obras de arte y tampoco ofrecen conclusiones de gran profundidad filosófica. Sin embargo, tales novelas son curiosidades literarias de cierto valor sociológico e histórico. Además de su fin de entretener, ofrecen la parodia del género duro que frecuentemente ha sido demasiado serio y machista.

LA PERSPECTIVA DE GONZALO TORRENTE BALLESTER: *LA MUERTE DEL DECANO*: ¿SUICIDIO, ASESINATO, ACCIDENTE?

La muerte del Decano (Barcelona: Planeta, 1992) representa un retorno de Torrente Ballester a la novela policial (*Off-side* y *Yo no soy yo, evidentemente* podrían considerarse vástagos del género también). La novela, relativamente breve, describe la muerte de un decano e indaga en las posibles causas de dicha muerte. En un momento indefinido de la postguerra, hacia finales de la primera década del franquismo, en una universidad gallega, el decano de la facultad de Filosofía y Letras, calificado como rojo, y exiliado a dicha universidad como castigo, muere en circunstancias misteriosas que llevan a las autoridades a sospechar la posibilidad de asesinato. El acusado del delito es su discípulo y colega, el profesor Enrique Flórez. El lector, sin embargo, gracias a un narrador de omnisciencia selectiva (ocultando mucha información y dejando cabos sueltos), que emigra de un personaje a otro y expone sucesos y pensamientos seleccionados (evitando así una percepción total), obtiene datos que sugieren la posible inocencia de Enrique.

La novela empieza con una entrevista entre el Decano y un amigo suyo, el padre Fulgencio. El Decano acude al monasterio para informar al padre que teme por su vida y que un enemigo, que identifica como don Enrique, planea envenenarlo esa misma noche. Las razones parecen resultar de envidias profesionales. El Decano le da al sacerdote un manuscrito inconcluso sobre la Historia Antigua, asegurando que Enrique intenta plagiarlo. El padre Fulgencio tendrá la oportunidad de denunciar el crimen y sacar a relucir los capítulos que le ha dado a guardar el Decano. Como precaución adicional, el Decano ha enviado un paquete con documentos a Madrid para que sean examinados veinte años después de su muerte. Luego, sorprendiendo al cura, el Decano declara su amor por la esposa de Enrique, insinuando su sospecha que ella le corresponde.

La conciencia narradora acompaña al Decano mientras abandona la residencia del padre y se dirige al recinto universitario describiendo como él, habiendo averiguado que Enrique se encuentra en la biblioteca, le invita a cenar. El discípulo se disculpa por no haberle prevenido a su esposa, Francisca, pero el Decano insiste en que tiene tiempo para notificar a su esposa y luego acompañarlo a cenar. Enrique se ve obligado a aceptar. La voz narradora puntualiza que antes de ir al restaurante, el Decano acude a su habitación y furtivamente quema papeles. Debido al empleo de un narrador de omnisciencia limitada, el lector nunca se entera de ciertos detalles, empezando con el contenido de esos papeles. En el restaurante, el Decano consume una cena bastante fuerte para su edad (dos porciones de empanadas de lamprea) y bebe más de lo usual. Enrique menciona el peligro para la digestión de comer tan fuertemente. Parece casi seguro que existe en esta escena una alusión intertextual a la muerte de Augusto Pérez en *Niebla*, pues este personaje también hace una visita para hablar de su muerte inminente, luego va y come desmedidamente, amaneciendo muerto. Varias apariciones intertextuales de *Niebla* en la obra de Torrente (sobre todo en *Fragmentos de apocalipsis*) aumentan la probable intencionalidad intertextual. Hay que recordar que en la novela de Unamuno la entrevista entre Augusto y el novelista formula la situación que obliga al lector a "resolver el misterio" de la muerte del personaje, o sea, si Augusto "salió con la suya" suicidándose, como afirma su amigo Victor, o si el autor lo "mató," como afirma Unamuno en sus pasajes epilogales y prologales. El paradójico suicidio de Augusto sólo sería inteligible como afirmación desesperada de su existencia. La muerte del Decano, si fue suicidio, podría verse como otro intento de afirmación del yo, prolongando su tiranía desde el más allá. Ambos novelistas obligan al lector a buscar una solución elusiva, si no imposible, pues hay datos contradictorios, y cierto detalle clave que se niega a todos. Terminada la cena, el Decano le pide a Enrique que lo acompañe a su oficina en la Universidad donde fuman puros cubanos y continúan bebiendo. El Decano afirma que el libro que están escribiendo juntos sólo debería llevar el nombre de Enrique como autor, sin mencionar el suyo puesto que él ha colaborado con muy poco: "Yo no escribí ni una sola línea" (29). Por lo tanto, el Decano preferiría escribir un prólogo al libro. Súbitamente, el Decano manifiesta haber visto, detrás de Enrique, en la ventana abierta, un individuo con cabeza rapada y roja, escuchándolos. Enrique ofrece salir e investigar, pero no encuentra a nadie y así le informa al Decano, quien permaneció junto a la ventana. Cuando Enrique está a punto de regresar el Decano le dice que entre por la ventana, tendiéndole los brazos. Como había estado lloviendo, los zapatos de Enrique están embarrados y al entrar a la habitación por la ventana, deja la pared y la alfombra mancillados. El Decano le da un papel para que limpie los zapatos y él deposita el papel en la papelera. Antes de irse su joven colega, el Decano le regala una caja de chocolates para su mujer y pide su ayuda en buscar una taza para tomar té, alegando que la mujer de la limpieza la pone todos los días en un lugar diferente. Cuando Enrique encuentra la taza, el Decano le manda colocarla junto a una tetera recién depositada por un camarero a quien el Decano le encarga de decir al Director que lo espera.

En este punto clave para la aclaración del suceso, la perspectiva narrativa abandona al Decano y sigue a Enrique hasta su casa. Dialoga con su mujer sobre la noche húmeda y el hecho de que el Decano lo había invitado por primera vez a su casa. Francisca, al recibir los bombones, exclama: "¿Bombones? ¿Otra vez bombones?" También conversan sobre la intención declarada por el decano de dejar la historia y dedicarse a escribir la novela histórica.

La conciencia narradora regresa a la casa del Decano donde el Director de la Universidad lo encuentra muerto. Llaman a la policía y la investigación comienza. El Decano ha sido envenenado pero tiene una cuerda atada al cuello. Los investigadores son un Comisario y un Juez, representantes de la policía española y el sistema judicial, respectivamente, cuyas conversaciones ofrecen un comentario intertextual sobre el género detectivesco. No deja de ser burlona la presentación de estos investigadores cuya "formación profesional" relevante consiste en haber leído algunas novelas extranjeras, estereotipadas. El Comisario le pregunta al Juez, quien después de examinar el cadáver y la habitación afirma que es un suicidio, "¿Tiene usted mucha práctica en estos casos?" (62). El Juez contesta que su carrera hasta el momento ha sido breve, sólo algunos robos y algunas peleas. El Comisario tampoco tiene mucha práctica pero apunta que ha leído "novelas policíacas que son el mejor libro de texto y que suplen la experiencia. Están escritas por gente enterada, con más medios que nosotros, y, sobre todo, con más experiencia en cierta clase de crímenes, diríamos complicados.... Esos libros ilustran. En el frente, como usted sabe, hubo períodos de calma. Yo los aproveché leyendo" (63). Mientras el Comisario expone su experiencia, desabrocha el abrigo y muestra la estrella de alférez de su solapa.

Por medio de este intercambio entre los dos individuos encargados de investigar el crimen, la voz narradora parece sugerir que las conclusiones de las pistas, falsas y ciertas, que sacarán a continuación acerca del crimen serán totalmente erradas. Tal es el caso, lógicamente, pues siguen los patrones de las novelas aludidas. Enrique es enjuiciado a pesar de que todos los indicios contra él son circunstanciales. El padre Fulgencio repite la información que el Decano impartió el día de su muerte, información obviamente calculada para implicar a Enrique. Complicando más al asunto, la esposa declara que ella no sólo mecanografiaba, sino que editaba el manuscrito en cuestión, el manuscrito que el Decano alegaba era plagio: "No sólo lo escribí yo materialmente, es decir, no sólo está mecanografiado por mí, sino que la prosa es mía. Mi marido no sabe escribir; yo sí. El piensa, yo escribo" (114). El cianuro que supuestamente envenenó al Decano (parece que tampoco hay autopsia) aparentemente fue comprado por Enrique, porque el Decano le pidió que le comprara algo para matar una rata que había invadido su casa. La afirmación del Decano de que estaba enamorado de la mujer de Enrique, Francisca misma trata de descontarla estableciendo que ella se considera fea. El Comisario replica que en la oscuridad todas las mujeres son iguales. El Juez comienza a dudar de la culpabilidad de Enrique y considera la posibilidad de que el Decano se suicidara.

La audiencia pública contra Enrique por asesinato comienza y Francisca sólo logra conseguir un abogado neófito, pues todos los abogados de renombre rehusan tomar el caso. Afortunadamente, el joven resulta ser listo y consigue que sea abierto un paquete conteniendo un supuesto manuscrito enviado por el Decano a Madrid con la estipulación que no se abra hasta los veinte años de su muerte. El contenido resulta ser recortes de periódico sin importancia. Dicho descubrimiento sugeriría cierta mala fe por parte del Decano, pero el Tribunal rehúsa interpretarlo de esa manera y el juicio continúa. El Defensor, sin embargo, logra charlar con el Fiscal en el Casino, convenciéndole de que Enrique es inocente. El Fiscal decide retirar los cargos contra Enrique y éste queda libre.

Al final de la novela, un intercambio entre el matrimonio Flórez sugiere que ellos no habían revelado a las autoridades todos sus sentimientos respecto al Decano. La voz narradora, muy selectiva, mantuvo a los lectores en la ignorancia al respecto. Sigue el diálogo entre los cónyugues:

> ...Cuanto más lo pensaba, más lógico me parecía que tú lo hubieras matado, precisamente para evitarme a mí que lo matase. Se me pasó muchas veces por la cabeza, como pasan otras ideas irrealizables. En fin, que no lo hubiera hecho.
> —Yo, sí.
> —¿Tú? ¿Por qué?
> —Por los mismos motivos. Si no lo hice, fue por no atreverme, no por lo que pudiera pasarme a mí, sino a ti. Pero lo hubiera hecho de otra manera, aunque no sé cuál.... (202)

Esta conversación, en vez de cerrar el argumento, lo deja más abierto todavía (como fue el caso de las conversaciones citadas en *Niebla*). Por primera vez, aparecen insinuaciones de la no inocencia de uno de los esposos aparte de las dudas sembradas por el Decano. Ahora parece evidente que el Decano tenía razón para creer que Enrique le odiaba y deseaba su muerte. Enrique se había dado cuenta de cómo molestaba a su mujer y quería que la dejara en paz. Sin embargo, parece que Francisca y Enrique no están seguros si el Decano se suicidó. Por otra parte, el lector atento se da cuenta que ambos cónyuges tienen sus secretos, que tampoco revelan todos sus pensamientos a la pareja, y que esos sentimientos callados no los llega a saber nadie (incluyendo el lector).

Torrente ofrece al lector un escenario donde lo más evidente es que el Decano ha preparado su propio "asesinato" con cuidado y cautela, tomando medidas extraordinarias para implicar a su discípulo y subordinado. Tal evidencia, sin embargo, no basta para resolver las dudas respecto a su fallecimiento. Anuncia su muerte inminente, denuncia a Enrique, y lo deja todo preparado para acusarlo desde el más allá. Emergen varios indicios de mala fe de su parte. Pero no convencen sus posibles motivos de suicidarse. El lector nunca presencia ningún intento suyo de acecho a Francisca, y el detalle de enviarle bombones no prueba su amor, como tampoco su afirmación al padre de quererla, en vista de su mala fe en otros aspectos de dicha conversación. En la cena con Enrique, el Decano alega haber pasado tres horas la noche anterior con una prostituta, observando que su personalidad no es apta para el matrimonio. El Decano anuncia a Enrique su intención de jubilarse, de renunciar a su carrera y dedicarse a la literatura, además de dejarle el libro para sí solo, eliminando cualquier posibilidad de provecho profesional para Enrique con su muerte. Además, la mala fe en la conversación con el padre Fulgencio, a quien había cultivado como confidente, debería poner en tela de juicio lo dicho en la conversación con Enrique, a quien obviamente ha manipulado (antes, en la compra de veneno, y esa noche, haciéndolo entrar por la ventana) para implicarlo. Aunque se insinúa el motivo de los celos simplemente por referirse el amor del Decano a Francisca, el lector no encuentra pruebas que Enrique tenga celos ni motivos de venganza. No hay indicio de que Francisca sienta más que odio y resentimiento hacia el superior de su marido. Por otra parte, hay varias personas sospechosas en potencia. El Director es ladrón, según el Decano, y tiene ocasión para haberlo matado, aunque su motivo—si lo tiene—no se revela. El caso de Francisca es al inverso: tiene motivo, el acoso sexual del Decano y un marido pusilánime, incapaz de matar una mosca, según confiesa, "Mi pulso temblaría, aunque sólo fuese para matar un mosquito" (41), en respuesta a la confesión del decano que su "pulso no tiembla jamás, aunque tenga que matar a un hombre" (41). Aunque el narrador selectivo no provee datos que aclaren si Francisca tuvo ocasión, las palabras del Decano sugieren que él ha tenido experiencia al respecto, y es capaz de matar. El Juez y el Comisario mencionan a varias personas sospechosas incógnitas, por lo menos tres, "quien dice una tercera, dice una cuarta" (66). Además, el portero faltó durante rato de su puesto: "—Lo que se tarda en ir al retrete" (70), así que el Comisario dice que "cualquiera puede ser el asesino, incluso el portero" (71).

Uno de los agentes de policía sugiere la posibilidad del crimen político: "—El Decano era un rojo conocido. No podemos descartar ese detalle" (72). Teniendo en cuenta que el crimen político en la época de los sucesos de la novela implicaría los falangistas o sus simpatizantes (siendo "rojo" el muerto), no sorprende que esta conjetura quede sin investigar. Suponiendo que fuera asesinato en vez de suicidio, constituye una hipótesis muy lógica, y en tal caso—el caso del crimen político—se combina esta pista no examinada con la parodia del comisario y el Juez de Instrucción para producir una sátira demoledora de las autoridades civiles del franquismo. Entre pistas que escapan la observación, debe notarse que el Rector demuestra saber detalles como el cordón (73) sin haber sido informado oficialmente (aunque alega que le informó el Director, y también se refiere al veneno). Es dato clave que el Rector tenga farmacia, y asegura, agitado, que el veneno no salió de allí: " 'De mi farmacia no salió'… dijo el Rector bastante apurado" (74). Cosa que tampoco se investiga y no se menciona más. Los estudiantes también mencionan el motivo político: "A ninguno de los dos estudiantes parecía verosímil que el Decano se hubiera suicidado, pero tampoco hallaban muy explicable el asesinato. `Como no haya sido por sus ideas políticas" (75). Puede ser importante que cuando las autoridades piden tragos y beben whiskies, el Rector sea el único que no bebe. Podría indicar que el Rector sepa que el Decano fue envenenado por el whisky (que el lector no ve beber [47]) y no por el te, que el Decano dice a Enrique que no tomará (46). Un estudiante sugiere la hipótesis de que el hijo intelectual matara al mentor para evitar que abandonara la historia por la novela, así torciendo su figura ideal (81). Sin embargo, el mismo se empeña en que no lo creería aunque se lo demostraran (80). En la junta de los decanos, uno confiesa que "a más de uno le deseo la muerte" (87), y hablan de lo antipático que fuera el finado, como les despreciaba a ellos, buscando pretextos para no asistir al entierro (es notable la recurrencia del tema de rivalidades y odios académicos en la obra de Torrente desde sus cuentos hasta *La isla de los jacintos cortados* y *Yo no soy yo, evidentemente*). En otras palabras, entre todos los que conocían al Decano, acaso el único que no parece tener motivo posible sea el padre Fulgencio. (El lector adepto a la ficción policial, conocedor de esa norma que identifica al menos sospechoso como el culpable, se preguntará si esto es otra broma de Torrente.)

Dado el escándalo que supone el suicidio, queda claro que más conviene al claustro el asesinato, aunque el auxiliar se condene:

> —Estoy desolado. ¡Un escándalo como éste, en la Universidad, donde jamás pasó nada semejante!… Hay que hablar con el arzobispo, que, a lo mejor, no da el permiso para que lo entierren en sagrado… Un verdadero engorro. A no ser que…
> —¿Qué?—preguntaron a un tiempo los cuatro decanos.
> —Que ciertas sospechas se confirmen… Un auxiliar anda por el medio. (85-89).

Descartan el inconveniente suicidio con visible alivio y cuando el Comisario llama para comunicar que presentará una acusación formal, el Rector declara con júbilo que no le importa puesto que el auxiliar es temporal y casi no forma parte de la familia universitaria.

El cura relata una ocasión a finales del curso anterior cuando el Decano también le hablaba de su peligro de ser asesinado: "¿Sabe Ud. que alguien quiere matarme?" (93) y que volvió al tema en el curso presente, antes de la escena presenciada por el lector al comienzo de la novela. Ni el padre Fulgencio (98), ni Don Enrique (106), que acaso sean quienes mejor conocían al Decano, creen en su capacidad de suicidarse. Enrique incluso niega la posibilidad de que el Decano preparara su propia muerte, dejando pistas que apuntan hacia él: "—Eso no sucederá nunca; pero, aunque sucediera, mi deuda con el profesor difunto la he proclamado y seguiré proclamándola" (108).

Francisca niega que el Decano estuviera enamorado de ella: "Al Decano... le gustaban las jovencitas lindas y, cuanto más tontas, mejor. Yo, ni soy linda, ni soy tonta" (111). Sin embargo, el diálogo entre el matrimonio en el capítulo final reconoce el acoso: "A lo que yo daba vueltas era a deshacerme del Decano para que te dejase en paz. ¿Quién lo habrá hecho?" (203). El padre reconoce que la confesión del Decano de enamoramiento no venía a la cuenta: "Me lo dijo sin venir a cuento, desde mi punto de vista; pero se conoce que no era lo mismo desde el punto de vista de él" (95). La descripción que hace Francisca al Juez deja claro que le molestaba el sometimiento de su marido al Decano: "... El mundo, para mi marido, tenía dos partes. La una la ocupaba el Decano por entero; en la otra estaba yo, y, conmigo, el resto del mundo" (113-14). El Decano tenía que saber que su "enamoramiento" daría motivo al marido de Francisca. Lo de encargar al fraile el cuidado económico de ella es truco evidente, puesto que ella tiene dinero. Hay suficientes pruebas de las mentiras y mala fe del Decano para no creer en su "amor" a Francisca ni la culpabilidad de Enrique, aunque esto no prueba su suicidio. Cabe preguntarse, incluso, si el Decano cayó en su propia trampa—si había pensado vengarse del desprecio de Francisca enredando a su marido, y alguien—¿el Rector? ¿el Director? ¿o un desconocido?—se aprovechó del escenario ya preparado. El lector, quien observa al Decano beber el whiskey, no tiene manera de dilucidar si sabía que el trago estaba envenenado. Sabe que el Rector es quien más sospechoso parece durante la investigación: Este administrador, indudablemente otro nombramiento político (y por ende, franquista), debe resentir la presencia del "rojo" en su sede, tiene una farmacia y posee el veneno en cuestión. No sólo sabe de venenos, sino que tuvo ocasión de envenenar el whiskey, y de poner el cordón. Sabe de estos detalles, que no son de conocimiento público o general, y además, protesta su inocencia cuando no ha sido acusado (el veneno no salió de su farmacia). Lo único que falta es un motivo claro—pero el motivo político, que no se puede descartar, le atañe al Rector de modo más directo que a otros personajes (tiene que soportar la presencia del "enemigo" en casa). Pero el autor deja sin resolver suficientes incógnitas. Tampoco es posible condenar al Rector con dichas pruebas circunstanciales, pero queda evidente la intención del autor de levantar sospechas en cuanto al matrimonio con las escenas finales.

En esta novela, policíaca en cuanto trata de un crimen investigado por la policía, Torrente ha logrado elaborar nuevos parámetros para el género. La novela desde el principio parece establecer quién ha cometido el crimen y el suspenso resulta por el temor de que un inocente sea encarcelado y el culpable triunfe. Como se explicará a continuación, Torrente combina dos subgéneros de la novela policíaca (el clásico y el de los *tough guys*) y las variaciones dentro de ellos en *La muerte del Decano*. Torrente manipula los dos subgéneros inyectando paródicamente caricaturas de personajes típicos y un elemento de metaficción irónica. Como en el subgénero clásico, la muerte toma lugar al principio y la narración relata el proceso de descubrimiento del culpable. Pero, en contraste con dicho subgénero, desde antes de cometerse el crimen el lector sospecha quién será el culpable. Al igual que el subgénero clásico, la novela comienza con dos investigadores, el Juez y el Comisario, que al parecer formarán un equipo que logrará desenmascarar al culpable y explicar la intriga. Pero ocurre todo lo opuesto: los dos investigadores están en desacuerdo puesto que el Juez concluye que es suicidio y el Comisario afirma que ha sido asesinato. Según el Juez, todo parece muy pensado y muy preparado:

> Fíjese, por ejemplo: si el veneno es de los de efecto inmediato, como parece, el muerto debía haber caído hacia atrás, y la taza que sostenía, ésa de ahí encima, debería haber caído y derramado el resto del té. Es muy probable, además, que se hubiera roto pues sin duda es de porcelana fina, incluso de marca. Al aparecer en su sitio, y el cadáver caído hacia adelante hay que suponer que el suicida mantuvo el buche de té en la boca sin tragarlo, hasta que dejó la taza en su sitio y él se colocó de espaldas a la mesa.... (64)

El Comisario responde: "—¿Y la presencia de una persona?, ¿no ha pensado en ello?" (64) Se había establecido ya que Enrique había visitado al Decano y el contenido de cenizas de dos sendos puros en el cenicero no debería sorprender. El Comisario continúa citando las pistas preparadas por el Decano. Verbigracia, las pisadas en el exterior, los desconchados en la pared que resultan cuando Enrique trepa por la ventana con la ayuda del Decano, los restos de barro en la habitación, y el cordón alrededor del cuello del Decano que sugiere que una persona ignorante de autopsias lo hiciera para indicar el suicidio. Tales pistas falsas, que el narrador omnisciente relata mientras el Decano las lleva a cabo, podrían considerarse también prototípicas del subgénero clásico.

Característico del *hardboiled* es lo que parece ser una crítica del mundo académico donde los *senior faculty* se aprovechan de los profesores adjuntos y los estudiantes graduados para acrecentar su curricula vitae. Por ejemplo, la ya citada junta de administradores donde la discusión hace relucir las trivialidades y envidias del recinto académico en cuestión. La crítica social más patente, sin embargo, es la presencia de autoridades incompetentes que recibieron sus puestos por haber servido fielmente al régimen durante la guerra. Tal es el caso del incompetente Comisario quien evidentemente ha obtenido su puesto gracias al enchufe, a su servicio de alférez (¿de los famosos "provisionales"?) en la guerra—no por casualidad se menciona la estrella que todavía luce en la solapa. Es uno de innumerables nombramientos políticos ineptos, que contribuye a la corrupción burocrática que resulta con el triunfalismo después de la victoria fascista. La ironía dramática que se advierte en varias ocasiones metafícticias donde el Comisario ingenuamente expone la virtud e ingenio de las novelas policíacas subraya su ignorancia e incompetencia. La sátira anteriormente notada de la policía, el sistema judicial, y las autoridades civiles, obviamente se explaya para incluir el mundo universitario, donde la gran mayoría de los nombramientos eran también políticos.

Es también trascendente el uso de una voz narradora omnisciente (que aclara y oculta simultáneamente) que provee al lector hechos que provocan el suspenso ante la posibilidad de que un inocente, Enrique, sea encarcelado por un crimen que no cometió. Tal enfoque suministra a la novela una autenticidad y originalidad infrecuentes en el género policial—aunque en este estudio se analizan varios casos similares. Como puede verse a través de este breve análisis, Torrente ha logrado una vez más acicalar un género trillado[12] hasta el punto de renovarlo y mejorarlo.

La novela, alejándose de las normas tradicionales del género, termina abierta, sin atar todos los cabos sueltos, con una miríada de posibles lecturas, y falta de incontrovertibles soluciones al rompecabezas. Por ello, entre los aspectos más notables de la novela se encuentra el hecho de que a pesar de tener el lector toda esa información, percibida por medio del narrador omnisciente, sobre los planes malévolos del difunto, el lector al final de la novela se preguntará también (a la par que Enrique y Francisca), si se suicidó el Decano, ¿por qué? ¿Para que enviaran a la cárcel a Enrique? ¿Es posible que accidentalmente haya ingerido más veneno del que planeaba? Y si no se suicidó, ¿quién lo asesinó? Torrente ha compuesto un rompecabezas al que le falta la pieza definitiva (el motivo del Rector, por ejemplo, o la ocasión para Francisca, de matar al Decano). Es parte de un juego que le propone al lector, como se sugiere en la conversación entre el Fiscal y el Defensor: "¿Juego? ¿Es esa palabra la que espera?" (184).

Manuel Vázquez Montalbán: Maestro del Género

Entre los escritores hispanos más distinguidos del género policíaco se encuentra el narrador catalán Manuel Vázquez Montalbán. A pesar de que existen numerosos estudios sobre dicho distinguido escritor, se considera imprescindible dedicar unos renglones a tres de sus novelas en la presente monografía para destacar algunos elementos, variaciones que el autor introduce al género. Se han escogido dichas tres novelas porque abarcan la travesía narrativa del novelista y dan una perspectiva somera pero incisiva sobre su obra policíaca: *Asesinato en el comité Central* (1981), *La rosa de Alejandría* (1984), y *El premio* (1996), la cual fue

---

[12] Véase mi estudio sobre *La isla de los jacintos cortados* y *Yo no soy yo, evidentemente* en *La novela como burla/juego: siete experimentos novelescos de Gonzalo Torrente Ballester* (Valencia: Albatros, 1989).

galardonada con el Premio Nacional de las Letras en 1995.

Las tres novelas en cuestión tienen como protagonista el famoso detective privado, Pepe Carvalho. Carvalho, comunista decepcionado, pasó tiempo en la cárcel durante el régimen franquista. Por poseer tal pasado el protagonista, el narrador aprovecha frecuentemente situaciones, eventos relevantes para criticar a la política y sociedad española. Es de notar, para los que desconocen al detective, que trabajó para el C.I.A. por una temporada. Sin embargo, el lector atento aprecia una gran diferencia entre las tres novelas en cuanto a la crítica social. Mientras que *Asesinato en el Comité Central* está colmado de un vituperio, frecuentemente amargo, contra los líderes del partido comunista por haber fallido las esperanzas de sus partidarios con el advenimiento de la democracia, *La rosa de Alejandría* tiene relativamente poca política y se dedica estrictamente a la solución de un crimen y a divagar sobre las razones sociales que ocasionan el comportamiento de los personajes en la novela. Con *El premio*, Manuel Vázquez Montalbán se aleja de la política aún más y lúdicamente analiza una condición frecuentemente criticada de la literatura española, esto es, los premios editoriales y las empresas que controlan las publicaciones en España.

Asesinato en el Comité Central describe como durante una reunión del Comité Central del Partido Comunista de España, después de apagarse las luces, aparece asesinado el secretario general, Fernando Garrido. Como consecuencia del crimen Pepe Carvalho es contratado por el PCE. La novela se desarrolla en Madrid—Pepe Carvalho no la conoce tan bien como Barcelona—esto requiere que le provean no sólo guardaespaldas (pues fue amenazado por teléfono: "... deje a los muertos en paz..." [36]), sino también obtiene una mujer muy atractiva como guía. Además de la investigación del crimen, la novela destaca las cualidades gastronómicas de Carvalho. A principios de la novela Carvalho discute el conocido tratado *Fisiología del gusto* de Brillat-Savarin, exponiendo sus ideas sobre el tema de la gastronomía:

> ...El jamón exige paladeo crítico, veredicto. En cambio la catalana es un embutido cocido que se ajusta a la mecánica del paladar y la masticación sin grandes ambiciones. El hecho de exigirla trufada era el mínimo rigor indispensable para que el sabor le sorprendiera de

vez en cuando.... Comiese lo que comiese siempre había que dejar un tiempo para la dialéctica, fuera a partir del sabor o de la textura de lo que se comía. Con mucho menos rato de reflexión, Brillat-Savarin escribió *Fisiología del gusto*.... (Barcelona: Planeta, 1981, 24)

Tales disquisiciones sobre la buena comida (y la mala también) son un *Leitmotiv* que aparece en las novelas del escritor catalán. Desde un punto de vista formal, podrían considerarse también dichas digresiones gustativas y gatronómicas como un ejemplo de residuo descriptivo para posponer el desenlace. Dicho recurso formal los formalistas rusos lo denominan *retardation*. También a manera de exhibir las particularidades del detective catalán, a menudo se destaca el hecho de que frecuentemente quema libros de su biblioteca en la chimenea para iniciar el fuego. El proceso se ha convertido en un rito en sus novelas y los pensamientos del detective respecto al libro son delineados, como también se traza la manera en que las llamas se apoderan del papel y devoran las páginas del condenado:

...Eligió *El problema de la vivienda*, de Engels, del que le bastó leer: "Tercera parte: observaciones complementarias acerca de Proudhon y el problema de la vivienda" para decidir que tenía bien merecido el fuego.... El fuego subió como una lengua persuasiva y a Carvalho le asaltó la evidencia de que tardaría demasiados días en recuperar aquella ceremonia, días que obrarían a favor de la pasiva resistencia de su biblioteca a ser incendiada a la velocidad requerida como justo castigo a la cantidad de verdades inútiles e insuficientes que reunía. (35-36)

El detective decide quemar otro libro y lo saca de la estantería que contiene libros sobre "Preceptiva y Crítica Literaria," recalcando su desprecio por la crítica literaria en particular. Tal desprecio se hará aún más acentuado en la novela *El premio*.

Además de dichos elementos que obsequian al lector una visión interna de la personalidad del detective catalán, también hay referencias constantes al pasado militante de Carvalho con sus puntos de contacto con ciertos individuos implicados en la investigación. Los comentarios políticos abundan y una frecuente preocupación por el futuro de la España postfranquista saturan al texto. Es de notar incluso, la inquietud persistente de Carvalho con el tránsito del tiempo enmarcado en el entorno de Barcelona. Verbigracia, el barrio del Padró, el cual el detective rememora nostálgicamente: "... donde el cine Padró había dejado de ser cine de viejos, gitanos y niños campaneros para convertirse en Filmoteca. Quien te ha visto y quien te ve, barrio del Padró, repoblado de inmigración cosmopolita, guineanos, chilenos, uruguayos, muchachos y muchachas en flor y marihuana ensayando relaciones posmatrimoniales, prematrimoniales, antimatrimoniales..." (34).

Frecuentemente se hallan comentarios reflexivos, metaficticios que aluden a otras novelas policíacas como acontece cuando alguien le dice a Carvalho, al enterarse que el detective está investigando el asesinato de Garrido, que prospera y que terminará actuando de extra en una novela de Le Carré. Se debe apuntar el cinismo del escritor británico en cuanto a su presentación de personajes y situaciones, "defecto" del cual se ha tildado ya también a Vázquez Montalbán. Además, aparece un comentario de que la manera como el partido rehúsa admitir que al asesino ha sido uno de ellos, es típico de un caso de novela inglesa. Asimismo, aparece una referencia autorreflexiva al autor de la novela como ejemplo del sistema al cual no hay que cuestionar pues al hacerlo se pondría en peligro el que escritores como Vázquez Montalbán ganen el Premio Planeta (80). De paso se deber recordar que dicho autor fue galardonado con el Planeta en 1979 por *Los mares del sur*. Otro ejemplo metaficticio se descubre cuando Carvalho, recién llegado a Madrid, responde de la siguiente manera cuando alguien le pregunta si no le gustan los discursos sobre la historia: "Tengo bastante historia ya por hoy. Desde que he llegado a esta ciudad parezco vivir dentro de un libro escrito por un sociólogo..." (92). He allí un cuestionamiento de la propia realidad ontológica—aspecto característico y hasta definidor de la postmodernidad. Ello se sugiere aún más cuando en una discusión acerca de los posibles motivos por el asesinato, alguien le informa a Carvalho que Leveder es el culpable y el detective replica: "No. En absoluto. Es un frívolo y un esteta. ¿Se mata por frivolidad y por estética? En la literatura o en cine, es posible. En la vida real, no" (154). Y el detective acierta, pues en la presente novela tampoco se mata por la estética. Leveder no es el asesino.

La novela tiene momentos eróticos y violentos como era de esperar de una novela policíaca. El asesino, Esparza Julve, muere ametrallado mientras abandona el hotel donde se celebraba una reunión en la cual Carvalho lo identificaba como el asesino. Igualmente se narra un incidente en el cual el detective es secuestrado y casi pierde la vida. Dicho siniestro sucede mediante la seducción. Carvalho encuentra "casualmente" a Gladys en un bar, luego van al lugar donde ella reside provisionalmente pues la casa está abandonada la mayor parte del año. Allí hacen el amor y luego Gladys le da una bebida drogada—el proverbial Mickey Finn del género negro. Cuando el detective despierta encuentra a una adolescente ojerosa y gritona tratando de cubrir sus carnes. Al parecer aquellos que no desean que Carvalho continúe sus investigaciones planean chantajearle. Todo fracasa, sin embargo, y el detective se venga de la experiencia traumática partiéndoles la cara a los culpables.

En esta novela se encuentra un personaje que aparecerá igualmente en *El premio*: Sánchez Ariño, el famoso *Dillinger*, un notorio policíaca quien gozaba en el proceso de interrogar a los detenidos. Carvalho tuvo la experiencia de ser interrogado por *Dillinger* durante sus años militantes. Es un personaje secundario que motiva al detective a rememorar largamente sus experiencias de la época franquista.

Se intercalan muchos intertextos en la novela. Además de las ya citadas alusiones a Le Carré y su novelística, se menciona con frecuencia al cinema. La película "Gilda" aparece a menudo cuando se compara la manera como Gladys echa la cabeza atrás con el mismo manerismo de Rita Hayworth, quien protagoniza dicha película. También se cita un bolero de Los Panchos: "—Yo sé que soy/una aventura más para ti/y al pasar esta noche/te olvidarás de mí" (94). La ironía aquí es aguda ya que para Gladys esa aventura con el detective catalán que está a punto de llevarse a cabo es simplemente una tarea que se le ha asignado para drogar y chantajearlo. Durante el sepelio de Garrido se cantan canciones comunistas y Rafael Alberti lee uno de sus poemas. Todos los intertextos complementan y subrayan diferentes sucesos descritos en la narración y resulta risible por lo incongruo la canción francesa que canturrea inconscientemente Carvalho cuando descubre la traición de Gladys y se encuentra desnudo, aporreado y rodeado de matones con pistolas amenazándolo: "Braves gens/ écoutez la triste ritournelle/ des amants qu'ont vécu dans l'Histoire/ parce qu'ils ont aimé des fameuses infidèles/ qui les ont trompé ignominieusement" (131).

La rosa de Alejandría presenta un enfoque totalmente diferente en cuanto al examen de los sucesos. Se trata de un crimen vulgar aunque sumamente violento, puesto que el cuerpo de la víctima ha sido descuartizado. Como consecuencia, hay una laboriosa investigación que requiere una miríada de entrevistas y jornadas a pueblos alejados de Barcelona. Carvalho acepta la tarea ingrata porque se lo ha pedido Charo, una prostituta quien ha sido la amante y amiga del detective por muchos años. Encarnación, prima de Charo, apareció descuartizada y la policíaca no ha encontrado al asesino. Por consiguiente, Pepe Carvalho acepta el caso y comienza su investigación. Es de notar que un narrador omnisciente, muy cuidadoso en la elección de la información que provee al lector, narra en contrapunto sucesos que suceden en una isla en el Caribe y a bordo del barco apelado "La rosa de Alejandría," lo cual otorga el título a la novela. Por medio de tal contrapunteo, el narrador ofrece otras pistas al lector en cuanto a los posibles culpables y la motivación del crimen. Los *Leitmotiv*s advertidos en otras novelas hacen acto de presencia en esta novela de manera análoga. Verbigracia, la comida, los intertextos, la crítica social, la quema de libros, entre otros aspectos repetidos. Asimismo—cosa típica de la novela negra— algo de violencia y erotismo se incluye, aunque sólo sea la dosis reglamentaria.

La incertidumbre en torno al asesinato se prolonga por medio de copiosas disquisiciones sobre variados temas sociales, literarios, y personales. Ya se mencionó que Carvalho mantiene relaciones íntimas con Charo cuyo oficio es la prostitución. En los siguientes renglones un personaje quien se apela "autodidacta," Narcís Pons Puig, amigo de la familia de la muerta y quien está pagando parte del sueldo de Carvalho, diserta sobre la prostitución:

> La prostitución es una traducción exacta de esta sociedad. Estamos en pleno juego entre reconversión y sumergimiento. Reconversión industrial, economía sumergida. Pues bien, si clasificamos las putas

presentes en el mercado se entera usted de más sociología que si se matricula en un curso en la Universidad Autónoma.... Para empezar: la puta tradicional de calle o bar de barrio putero, especie en decadencia biológica revitalizada ahora con sangre nueva de la generación del paro.... Luego están las especies tradicionales que apenas han variado, como la puta de barra de cafetería...que está sufriendo la competencia de la puta telefónica, ofrecidas por las secciones de relax y contactos de *La Vanguardia*.... A continuación la puta supuestamente ocasional ofrecida por alcahuetas.... (75)

Este último tipo de prostituta es de relevancia particular, aunque el lector no percibe la ironía aquí, porque más adelante se descubre que Encarna era puta ocasional. El autodidacta estaba enterado porque Encarna le permitía observar sus encuentros fortuitos desde la habitación contigua como recompensa por haberle provisto un lugar ideal y alejado en el caserón desocupado de la propiedad de los padres de Narcís.

La comida, otra obsesión del detective, se manifiesta una vez más a través del texto. Gonzalo Navajas en su perspicaz estudio de dicha novela (*Monographic Review* [III] 1987, 247-260), afirma que en Carvalho tal afición por la comida "es obsesiva y dominante, más allá de su control" (258). Un ejemplo entre muchos se observa en el siguiente ejemplo: "...Primero aparece la imagen, luego la idea de esa imagen, y cuando la realizas, continuamente la una se apoya en la otra. Es decir, uno tiene una imagen del bacalao con miel y es así, así, como una postal o un recorte de receta de revista de modas... hasta que no se hace, esa imagen no está acabada..." (34). Como se advirtió en *Asesinato en el Comité Central*, dichas digresiones de la investigación del crimen son estratagemas, artificios estructurales, formales que aplazan la resolución del crimen a la vez que elaboran las características de los personajes en cuestión.

La preocupación política de Carvalho da paso a su inquietud sobre las zancadas del tiempo y las metamorfosis de lugares largamente apreciados. Navajas, en el artículo ya citado, hace resaltar que "La novela asume la función de presentar una visión de la ciudad que sea auténtica y desmienta otras posibles versiones que encubren o falsifican la realidad verdadera de Albacete" (251). Tal preocupación por el estado del entorno físico reverbera en la consciencia de Carvalho en cuanto a su vida y el paso del tiempo. Los siguientes renglones acentúan melancólicamente la vejez que se avecina: "Charo se durmió en el sofá. Carvalho le contó las arrugas aún suaves, apreció la caída aún sutil de la carne de las mejillas.... La madurez de Charo era su vejez anunciada" (216).

Los intertextos abundan en la novela y el más importante es el que le da el título a la novela. Según una canción española que se remonta a varios siglos atrás, la rosa de Alejandría es blanca de día y colorada de noche. He aquí probablemente una referencia a la vida esquizofrénica, la existencia doble de Encarna con sus frecuentes viajes a Barcelona para citarse con Ginés y con desconocidos. La pureza de la rosa blanca en oposición con el rojo de la lujuria: "Eres como la rosa de Alejandría,/ morena salada,/ de Alejandría,/ colorada de noche blanca de día,/ morena salada,/ blanca de día" (176).

En el texto también se intercalan canciones sagradas cantadas por cofradías de animeros para la misa. Carvalho es asaltado por un animero, el Lebrijano, que le advierte que no debe continuar su investigación. He aquí una de ellas: "Con esa agua bendita/ en que lavas las manos/ saca las almas de pena/ y la mía de pecado" (112). El detective descubre que el Lebrijano es padre de una prostituta, la *Morocha*, quien se ha entendido por muchos años con el marido de Encarna, Juan Miguel, y con quien, alega, ha tenido un hijo. Este se encuentra gravemente enfermo y el Lebrijano planea casarlo con su hija y teme que Carvalho obstaculice sus planes. El marido de Encarna era uno de los sospechosos principales del detective catalán y la situación en la cual se encuentra implanta dudas respecto a su culpabilidad.

Mientras tanto, a bordo del barco, que navega del Caribe hacia Barcelona, con un viejo amante de Encarna que ha estado actuando muy sospechosamente, se escuchan canciones del capitán, un travestí trastornado de quien la tripulación acaba de descubrir su secreto. Varios individuos de la tripulación dejan la puerta del capitán entreabierta,... "una ranura suficiente para que Martín y él pudieran contemplar lo que estaba ocurriendo dentro" (180). Ginés, uno del grupo, fue novio de Encarna antes de que ella se casara con un mejor partido. Un día la encuentra en Barcelona y comienzan amoríos. Lo que los hombres ven es al capitán vestido y maquillado con "rasgos canallas de puta en desguace y por un corte de la falda asomaba una pierna vieja, musculada, llena de vello..." (181). El capitán canta la *Niña de la Venta* y los hombres horrorizados se enteran de que han estado bajo el mando de un disparatado. Los versos que se escuchan son relevantes al crimen, puesto que Ginés al descubrir que Encarna se prostituye la mata a golpes. El capitán al parecer amaba a Ginés y lo seguía a todas partes cuando estaban en el puerto. Como estaba enterado del picadero de Ginés, lo acechaba como siempre y al descubrir el cadáver de Encarna se lo llevó y lo descuartizó. Por ello, los versos que canta el capitán travestí resultan tan patéticos a la vez que todo el tablado es grotesco: "Quien te puso Salvaora/ que poco te conosía./ Que el que de ti se enamora/ se pierde pa toa la vía" (180). Obsérvese como mantiene el acento andaluz, parte importante de la canción, ya que el personaje es del sur de España y el capitán trata de ser fiel al original. Luego mientras el humo de un cigarrillo le sale entre los dedos de la mano izquierda, vestido grotescamente, como lo describe el narrador omnisciente, continúa cantando: "Ere tan bonita como el firmamento;/ lástima que tenga malo centimiento..." (181).

Existen otros intertextos no examinados en este breve análisis y que contribuyen también a la caracterización de los personajes y al desarrollo del argumento. Empero el que aparece en la última página del texto es importante porque era un libro que Carvalho estaba a punto de quemar—-*Poeta en Nueva York* de García Lorca—pero modifica sus planes. Se citan dos versos de "Luna y panorama de los insectos": "Pero la noche es interminable cuando se apoya en los enfermos/ y hay barcos que buscan ser mirados para poder hundirse tranquilos" (249). Según el narrador, cuando Carvalho estaba a punto de arrojar el libro a la hoguera, "... los versos le golpearon como el grito de un inocente" (248). Apoyándose el lector en tales versos que aluden a enfermos y barcos que se hunden, se podría concluir que el detective catalán acaso pensara acerca del caso terminado, con todas las horrorosas consecuencias causadas por la falta de comunicación y atolondres humanos, y al encontrar casualmente unos versos que ilustraban, y hasta recalcaban lo que había acaecido, decidió, contra natura, absolver al libro de Lorca del fuego.

A la *Finnegans Wake*, *El premio* termina con unas dos páginas del principio: dos epígrafes, uno de Cirlot donde se define el término *ouroboros* y una definición del catalanismo "letraheridos." Luego, el narrador omnisciente comienza a describir los invitados al banquete calcando el principio de la novela. El anfitrión de dicha fiesta es Lázaro Conesal, un gigante de las finanzas españolas, a punto de ser acusado de acciones ilegales, quien quiere depurar su imagen iniciando el premio mejor dotado de la literatura. Los invitados a la fiesta donde se dará a conocer el afortunado ganador del Premio Venice-Lázaro Conesal son una turbamulta de aves raras y bastas, asociadas directa e indirectamente con la literatura: escritores, críticos, editores, políticos, financieros, profesores de universidades, periodistas, además de los proverbiales parásitos, advenedizos y trepadores. Como Conesal ha sido amenazado de muerte, contratan a Carvalho para que proteja, muy discretamente, al millonario. Desgraciadamente, Conesal es asesinado antes de anunciar el nombre del ganador, lo cual motiva más revuelo que el asesinato mismo. Carvalho participa en la consiguiente investigación policíaca que acaece, proveyendo muy apreciada cooperación que conduce al descubrimiento del culpable. Al final de la narración, Carvalho, mientras viaja en el jet privado de Conesal, saboreando el buen whisky de su cliente (algo que se observa a través de la novela, como su costumbre de comer en los mejores restaurantes del país: Jockey, Zalacaín, etc.), abre una carpeta que le ha dado Alvaro Conesal, el hijo del difunto, y descubre que se trata del manuscrito de una novela que no recibió el premio: "*Ouroboros*. Novela. Barón d'Orcy" (342). Después de leer tres páginas encuentra que lo que hay escrito en las páginas ya lo había vivido. Tal final metaficticio traslada el texto de Vázquez Montalbán a otra dimensión si se toma en cuenta que la novela recibió el Premio Nacional de las Letras. En este caso, sin embargo, es algo más que un recurso metaficticio, puesto que afecta la estabilidad ontológica de la novela entera. Tal rasgo decisivo de lo postmoderno liga *El premio* con *Asesinato en el Comité Central*.

La novela no se divide en capítulos, sino que mediante evidentes espacios en blanco se distribuye entre ocho secciones—siete, si no se cuenta la octava, que está inconclusa, y que es, en realidad, el principio de la primera: El primer aparte describe el presente de la novela: un salón enorme, en un hotel de cinco estrellas, donde la fiesta se realiza. Se describen las conversaciones, la mayoría de las cuales sirven para ilustrar la personalidad mezquina y trivial de muchos escritores. El autor se ensaña particularmente con los críticos literarios. La segunda parte narra el pasado y muestra cómo Carvalho fue contratado para el trabajo de proteger al millonario. La tercera parte regresa al presente de la acción para reconstruir la investigación del asesinato y una vez más recalca aspectos de las personalidades malignas y patéticas de la turba invitada. Con tal procedimiento se establece un contrapunteo entre el presente novelístico del banquete y el pasado, muy inmediato a veces, cuando se describe cómo sucedió el crimen y las visitas de los sospechosos a la *suite* del millonario en las últimas apartes. La última, o penúltima, si se quiere, división, es la que puntualiza los sucesos y muestra a Carvalho en el jet de regreso a Barcelona.

Según Gérard Genette, la intertextualidad es la "relación de copresencia entre dos o más textos" (*Palimpsestos*, 10), que puede establecerse a través del análisis literario. Genette cita a Michael Riffaterre quien considera que "el intertexto es la percepción, por el lector, de relaciones entre una obra y otras que la han precedido o seguido en el tiempo" (11). Riffaterre cree que la intertextualidad es el mecanismo propio de la lectura y sólo por medio de dichas lecturas se puede conseguir un significado verídico, adecuado y no limitarse al sentido general del texto, y por ende una lectura parcial, incompleta. Al descubrir los intertextos, el lector se ve obligado a establecer las relaciones entre los textos. Tal postulado, sin embargo, se puede aumentar en el caso del texto *vis-à-vis* los intertextos de *El premio*: las conversaciones de los invitados a la fiesta están salpicadas con citas en español y lenguas extranjeras. Dichos intertextos en este caso contribuyen a la caracterización de los charlatanes, mostrando sus debilidades y los fuegos fatuos de su arrogancia. Los personajes en cuestión, para ser más claro, son meras caricaturas, pero contribuyen a recalcar la situación literaria en España que el autor lúdicamente critica. Se debe reconocer que las novelas del autor catalán no se limitan a ser *whodunits:* son obras plenamente posmodernas dignas de ser analizadas desde otras perspectivas.

En los siguientes renglones la voz omnisciente describe las acciones de un escritor apelado "el premio Nobel" (una alusión a Cela?). El premio Nobel se encuentra con un grupo de invitados sentados a la mesa esperando ser servidos mientras una mujer, tildada como "la traductora," aburre al Nobel con su conversación. Deseando escandalizarla "el premio Nobel" dice: *"Nemo secure loquitur, nisi qui libenter tacet"* (28). De hecho "el premio Nobel" es sorprendido cuando la mujer con chispas de entusiasmo en los ojos responde: *"Verecundari neminem apud mensam decet"* (28).

A menudo se intercalan discusiones sobre la novela negra. Ello podría considerarse una especie de autorreferencialidad, metaficción, con la diferencia de que la alusión refiere al género, a la novela negra en general y no al protagonista de la novela en cuestión (aunque Carvalho frecuentemente alude, a través de sus aventuras, a la posibilidad de ser un ente ficticio). Irónicamente, Vázquez Montalbán (o, más bien, el narrador) escribe:

> Una prueba de que nos encontramos en una fase irónica de la literatura explica la extensión de la novela policíaca, por ejemplo. Dice Frye textualmente que las trivialidades más monótonas y descuidadas de la vida cotidiana se convierten en elementos de un significado misterioso y fatal. Todo conduce a un ritual de sospechosos interrogados en torno a un cadáver. Eso es el no va más de la literatura como revelación a partir de un misterio. Es la degradación de la lógica literaria. (51)

Se supone que ésta es la voz de todos aquellos que consideran la novela negra paraliteratura. La ironía obvia reside en el hecho de que un grupo de personajes en una novela negra critique al género. Existe otra cita asimismo pertinente: "—En las novelas policíacas, Aguirre, el asesino siempre es el autor" (113).

Como tema de diálogo, los comentarios sobre la novela negra llegan a sugerir la relación entre vida y literatura, sólo que al revés. Aquí, no se afirma que el arte imita la vida:

> —La vida imita la literatura, querida Marga. Y fíjate cómo después de todo lo que hemos dicho sobre la novela policíaca, resulta que estamos viviendo una novela policíaca.

—Sinceramente prefiero vivirla que leerla.... ¿Quién le ha matado?
—Las más altas instancias de la nación.
—Elemental. Eso es lo que pide el lector pasivo y adocenado que espera repetir la fórmula conocida, la receta del género.... Si el lector espera el código preestablecido, hay que burlarlo y entonces la novela policíaca de género, por ejemplo, debe dejar de ser novela policíaca. (138)

La idea del locuaz comensal, es que, siguiendo el género, su teoría expuesta sería la única manera de conseguir que la novela negra se acercara a lo literario. La modificación innovadora del género introducida por Vázquez Montalbán radica, particularmente, en la apropiación de elementos posmodernos y la convicción de que el lector será un partícipe activo durante el proceso narrativo.

Varios personajes secundarios, vistos en *Asesinato en el Comité Central*, aparecen nuevamente en esta novela. Carmela, la marxista guía de Carvalho mientras estaba en Madrid y con quien él pudo haber tenido una aventura sexual. La situación del momento, la falta de tiempo y otros obstáculos, sin embargo, le impidieron aceptar la invitación recatada de la mujer. Carmela figura en *El premio* con un hijo (cantante de una banda de rock: "Dios nos pille confesados"). Su papel consiste en catapultar a Carvalho, como la magdalena de Proust, hacia el pasado para reflexionar sobre todos los cambios ocurridos en el país y en su vida desde entonces. Igual función posee "Dillinger," quien trabaja como jefe de seguridad y de personal del hotel: "Carvalho recordó de pronto aquellos ojos saltones vigilantes al lado del comisario Fonseca, en el transcurso de su investigación en el caso de *Asesinato en el Comité Central*, 'Dillinger,' un jovenzuelo turbio especialista en los movimientos de infiltración de la KGB en el universo..." (197).

Se añadirá, para concluir, la presencia de variada heteroglosia a través de las tres novelas, para no mencionar la obra entera del escritor catalán. Navajas, en el estudio ya citada observa lo siguiente sobre *La rosa de Alejandría*: "Predomina en el texto el lenguaje del hombre de la calle, el tendero, el trabajador asalariado, la prostituta, el policía" (249). El realismo relativo de la novela negra requiere la presencia de múltiples voces que reflejan las diferentes esferas, capas sociales a las cuales el detective es conducido por la investigación. Por ello, en *Asesinato en el Comité Central*, la lengua que predomina es la jerga política y burocrática y en *El premio*, donde se encuentra la fauna literaria, predomina un lenguaje culto, arrogante, fatuo, salpicado de citas y alusiones literarias.

Las tres novelas estudiadas, *Asesinato en el Comité Central*, *La rosa de Alejandría*, y *El premio*, ejemplifican la evolución literaria de un autor importante en la literatura española de Siglo XX. Las sustanciales permutaciones del género alcanzados por el escritor catalán se observan al confrontar la típica novela dura, patente en *Asesinato en el Comité Central, vis-à-vis* la innovación formal y posmoderna de *El premio*. Aquélla sigue las consabidas fórmulas del género, mientras que ésta logra adquirir una estatura literaria muy pocas veces conseguida por las novelas policías. *La rosa de Alejandría* es una novela de transición entre los dos polos literarios.

LA PERSPECTIVA MEXICANA

A. LOS (INTER)TEXTOS COMO JUEGO:
LA CABEZA DE LA HIDRA DE CARLOS FUENTES

La cabeza de la hidra, primera novela de espionaje de Carlos Fuentes, relata las peripecias de Félix Maldonado, burócrata de bajo relieve en el gobierno mexicano. Como era de esperar en una novela de Fuentes, la voz narrativa se dobla y desdobla, pero además del punto de vista, los personajes también se metamorfosean y todos los senderos del argumento se bifurcan, y el lector sin tener un hilo definitivo que lo guíe, se perderá en los laberintos de la narración. El título refleja, entre la miríada de connotaciones y denotaciones, el hecho de que al concluir la novela, el lector descubrirá que cada enigma resuelto conducirá, como sucede al cortar una de las cabezas de la hidra, a dos más.

La novela comienza con una voz narradora no identificada que habla en tercera persona del singular. Esta perspectiva narradora está limitada a un personaje y todos los sucesos de la novela son narrados por medio de la conciencia del protagonista. La voz narrativa revela al lector todo cuanto Félix Maldonado observa, escucha, siente, habla, huele y piensa.

Sin embargo, el lector descubrirá en el capítulo diez y nueve que existe en el texto otro narrador, cuyo seudónimo es Timón de Atenas:

> ...Al escuchar mi voz Félix dijo:
> —When shall we two meet again?
> —When the battle's lost and won, le contesté.
> —I have but little gold of late, brave Timon, me dijo Félix....[13]

El cambio abrupto e inesperado causará desazón y curiosidad en algunos lectores puesto que los puristas y aficionados al género policial considerarían tal permutación narradora muy difícil de recuperar. A principios de la cuarta parte (capítulo treinta y ocho), el autor mexicano intenta tal recuperación de la siguiente manera:

> Cuanto llevo dicho es el informe, lo más detallado posible, de lo que Félix Maldonado me contó durante la semana que pasó, recuperándose, en mi casa. Le he dado un cierto orden, pues él me entregó su narración en fragmentos discontinuos, como opera en realidad la memoria. Y la memoria de Félix, ya me lo había dicho por teléfono, tenía algunos derechos. La mía también. (207)

A pesar de ello, tomando/teniendo en cuenta que dicho Timón es quien guía la narración, como también los pasos de Maldonado, el lector al final de la novela se preguntará si se puede contar con el narrador y si es él en realidad un testigo fiel y fidedigno de los sucesos.

Igualmente duplícito (valga la palabra) es el protagonista, dudable-

---

[13] México: Joaquín Mortiz, pág. 90. La primera edición se publica en 1978. Cito la edición de 1990. Entre los pocos estudios sobre esta novela se encuentran: Mary E. Davis, "The Twins in the Looking Glass: Carlos Fuentes' *La cabeza de la hidra*," *Hispania* 65 (1982), 371-376; Fernando García Núñez, "La imposibilidad del libre albedrío en *La cabeza de la hidra*," *Cuadernos Americanos* 11.252 (1984), 227-234; Phillip Koldewyn, "*La cabeza de la hidr*: Residuos del colonialismo," *Mester* 11 (1982), 4756; Lucrecio Pérez Blanco, "*La cabeza de la hidra* de Carlos Fuentes, novela-ensayo de estructura circular,"*Cuadernos Americanos*, Vol. 221 (1978), 205-222.

mente "feliz," pero definitivamente "mal donado," quien se identifica con el Velázquez de "Las meninas" y le compelan al final de la novela a asumir el nombre de Diego Velázquez después de sufrir una operación de cirugía plástica: "Miró su cara en el espejo y recordó su parecido con Velázquez, los ojos negros rasgados, la frente alta y aceitunada, la nariz corta y curva, árabe pero también judía, un español hijo de todos los pueblos que pasaron por la península…" (39-40).

El argumento de la novela es bizantino y laberíntico. Los personajes deambulan, entran y salen de la escena como si estuvieran extraviados en una ópera de Donizetti. Paulatinamente se descubre que Maldonado ha sido escogido como peón en un juego de ajedrez internacional donde las piezas son seres humanos y las metas son el control de naciones y las riquezas naturales del planeta. La burocracia a la que pertenece Maldonado está dirigida por el ubicuo y siniestro Director General quien es identificado frecuentemente por unas peculiares gafas violetas que usa. Entre los jugadores internacionales se encuentran el gobierno mexicano, los árabes, los israelitas, el C.I.A. y el K.G.B. El premio para el ganador son los yacimientos de petróleo mexicano, los cuales los Estados Unidos codicia y considera como posible solución a un embargo árabe. Igualmente, los israelitas ven tales riquezas como posible válvula de escape en caso de una guerra con los árabes. Para evitar que el gobierno mexicano se alineara con los Estados Unidos y los israelitas, el Director General planeaba asesinar al presidente mexicano y culpar a Maldonado, quien es judío converso. La reacción negativa de los mexicanos contra Israel sería tal que México se alinearía con el mundo árabe. Afortunadamente, Félix se desmaya en el momento en que el presidente le da la mano y el plan del Director General es abortado. Más adelante se revela que Timón puso en el café de Maldonado una dosis precisa de propanolol; la justa para que le hiciera efecto cuando saludara al presidente. El flujo de la adrenalina al encontrarse con la droga causa el desmayo "fortuito" de Félix. Sin embargo, Maldonado es arrestado por atentado, puesto que se le encuentra un revólver en el bolsillo de la chaqueta, y es llevado a la cárcel. El Director General decide que Maldonado es más valioso muerto que vivo, de manera que ordena la muerte de un desconocido y los periódicos informan al público que Maldonado fue muerto al intentar escapar. A Maldonado lo llevan a un hospital, le hacen una cirugía plástica y le cambian el nombre. Pero Maldonado se evade, se pone en contacto con Timón y la Operación Guadalupe comienza. El lector es informado paulatinamente que Maldonado trabaja para un servicio de inteligencia que trata de defender a México de potencias extranjeras. Por ello persigue a un burócrata mexicano hasta Houston e impide que venda información, colocada en un anillo, sobre la extensión, naturaleza y ubicación de las reservas de petróleo mexicanas. Contrario a lo que era de esperar, la novela no termina con dicho triunfo. Timón aparece como narrador y empieza una digresión autobiográfica donde se explica su estrecha amistad con Félix. Al parecer se conocieron en la Universidad de Columbia, compartían un apartamento y eran conocidos como Cástor y Pólux.

Obviamente, esta novela pertenece a un subgénero muy visible en la narrativa de espionaje, el subgénero de las conjuras internacionales, en el cual el protagonista reacciona a actos de agresión. Afirma Jerry Palmer (*Thrillers: Genesis and Structure of a Popular Genre* [New York: Saint Martin's Press], 1979) que:

> The conspiracy... is an absolute structural necessity, for it is the conspiracy that drives the plot into action. Without it, there would be no reason for the hero to act, for the justification of his actions is always that he reacts to *prior* aggression: an otherwise ordered world... is disrupted by villainy, and the hero acts to restore normality. The villain as a character is subordinate to the conspiracy as a function: we do not need to know anything about him. The hero... is in no way subordinate to narrative function: he *is* a narrative function, among the most important, and his personal qualities are an integral part of that function. (23)

Dentro de este esquema, se percibe que el Director General es el villano, el antagonista que funciona como subordinado a la conjura, mientras que Félix reacciona al intento de encarcelar y explotarlo evadiéndose de la prisión y comenzando a combatir el peligro que representan las potencias extranjeras. Aunque el argumento recuerde algunas aventuras de super-espías a la James Bond (sin la alta tecnología), Félix no llega a ser un super-héroe. Tampoco está en el secreto de lo que pasa, lo cual le da cierto aire de "outsider." Según Palmer, "because the hero is an 'outsider'... [he usually has] a dubious status... intrinsic to the thriller..." (25).

Entre las muchas conjuras y complicaciones que se dan a conocer en la novela se destaca cierta complicidad de los judíos en el asesinato de una amiga íntima de Félix y la posibilidad de que su esposa estuviera implicada en el crimen. Para complicar la novela aún más, los últimos renglones del texto repiten el encuentro entre Maldonado y el presidente de la república, con la diferencia que Félix es ahora identificado como Diego Velázquez. Se puede suponer que el Director General está a punto de conseguir su objetivo.

Los numerosos intertextos que surgen y resurgen a través de la novela como cabezas de hidra, tienen como propósito no sólo el desarrollo del argumento, sino también un papel muy importante en la caracterización de los personajes. Hay varias clases de intertextos que se podrían dividir por sus características de la siguiente manera:

1. Citas directas de obras literarias en la lengua original con notas al pie de la página que proveen traducción al castellano y el origen del texto en question;
2. intertextos sin comillas ni otro tipo de identificación alguna que sólo aquellos lectores que conocen las obras o los orígenes del intertexto podrán identificar;
3. títulos de películas y eventos cinemáticos;
4. alusiones a personajes u otros elementos de obras literarias, la mitología, la Biblia, etc. Tales son cuatro categorías de intertextos que se identificarán y examinarán a continuación, pero se debe subrayar que de ninguna manera se consigue minar toda la plétora de tales recursos textuales.

El primer tipo de intertextos mencionados arriba está relacionado con la Operación Guadalupe durante la cual Félix logra interceptar información secreta sobre el petróleo mexicano dirigida a una potencia extranjera. Timón y Félix se comunican en clave por medio de los textos de los dramas de Shakespeare y los contrincantes lo hacen por medio de las obras de Lewis Carroll. Verbigracia, la primera comunicación entre

Timón y Félix durante la cual se valen de cuatro piezas teatrales de Shakespeare para comunicarse por teléfono, entre otras *Macbeth*: "When shall we two meet again?" "When the battle's lost and won." (90) De *Romeo y Julieta*: *"Wherefore art thou?* le pregunté" (90). De *Otelo*: *"At my lodging*, respondió" (90).

Intertextos de Lewis Carroll son usados por los agentes de la potencia enemiga para comunicarse: "*I thought you were the Mad Hatter*, dijo Félix..." (152). "En este caso éste sería el Ratón Dormido y su esposa una Alicia ligeramente ahogada" (152). *Welcome to Wonderland...* (153).

Un buen ejemplo del segundo grupo de intertextos, aquellos que aparecen anónimamente, se observa cuando Maldonado descubre que su íntimo amigo, Cástor en Columbia y Timón, líder del servicio de inteligencia, resulta ser, como por arte de magia, Trevor, el homosexual inglés confrontado en Houston y que pretendía comprar la información sobre el petróleo, como también el desconocido y siniestro, mercenario agente Mann. Félix iracundo por tanta duplicidad está a punto de disparar a Cástor/Timón/Trevor/Mann con una pistola .44, cuando el cruel dúplice le dice a Félix, mientras le quita el revolver: "...Llámala celos, insatisfacción, envidia, desprecio, miedo, asco, vanidad, terror, escarba en los motivos secretos de todos los que hemos participado en esta comedia de errores..." (235). La alusión a la comedia de errores viene con el título traducido al castellano y no hay nota al pie de la página que delate la presencia del intertexto o aclare su procedencia.

El elemento paródico se ve en que el supuesto compañero del protagonista, el ubicuo Castor/Timón/Trevor/Mann, maestro de disfraces y personalidad camaleónica, funciona de "doble agente," si no triple, y ofrece una variante sobre la fórmula desarrollada por la escuela inglesa de escritores de la novela enigma de la generación de Agatha Christie, entre otros, fórmula según la cual el culpable resulta ser quien más digno de confianza parecía. Esto se ha llamado el precepto de la "persona menos sospechosa"("Least Likely Person," Palmer 22). La plétora de intertextos sirve para subrayar la condición ficticia de los personajes y los hechos, al igual que las numerosas referencias cinematográficas. Incluso es paródico el título, pues la referencia al mito de la hidra provee un anticipo del desenlace(s)—cuando se corta una cabeza, crecen más.

Debe notarse también cierta simbología (a veces humorística o inversa) en los nombres de muchos personajes.

Múltiples incidentes en la novela establecen paralelos con películas clásicas, a la vez que títulos de películas, nombres de actores y actrices, directores, personajes ficticios del cinema, se distribuyen por toda la narración. Tal recurso recuerda a la novela de Walker Percy, *The Moviegoer*, como también *El beso de la mujer araña* y *La traición de Rita Hayworth* de Manuel Puig. Una escena en particular califica a Félix de cinéfilo porque un incidente le recuerda a Raimu en *La mujer del panadero*. También se establecen paralelos entre los incidentes en la narración y películas como el *Halcón Maltés* y *Casablanca*. Una de los personajes, Sara, se dice es "tan enigmática como Louise Brooks en *La caja de Pandora*" (45). Maldonado, vestido con una trinchera y caminando bajo un chaparrón en la capital mexicana, piensa que por fuera pretendía parecerse a Humphrey Bogart, pero por dentro se sentía como Woody Allen (251). Félix es también tildado como "un James Bond del subdesarrollo" (239).

Entre la miríada de obras literarias, autores, personajes históricos, individuos contemporáneos, personajes mitológicos y de la Biblia, se encuentran: *La cenicienta*, Artemio Cruz (Timón compró su mansión a los herederos), Poe y la *Purloined Letter*, Corneille, Juárez, Ho Chi Minh, Ruth, etc.

En conclusión, *La cabeza de la hidra* no es de ninguna manera la mejor novela del escritor mexicano. La novela se debe considerar como una incursión/excursión paródica en el género policial/espionaje y, hasta cierto punto, desconstrucción postmoderna del mismo. En contraste con las novelas prototípicas del género, las cuales siempre se cierran al final, atando todos los cabos sueltos y ofreciendo explicaciones lógicas, estrambóticas, sorprendentes a los aficionados, la novela de Fuentes hace todo lo contrario: por cada cabo atado, aparecen dos desligados; como cabezas del monstruo mítico, por cada respuesta obtenida sobre un enigma, resaltan muchas más, y la novela por consiguiente termina abierta de par en par, con la hidra disfrutando más cabezas al final.

B. Fernando del Paso: "La Onda" mexicana y la novela criminal

Los jóvenes escritores del grupo "la Onda" despertaron críticas adversas en los 1960 por su postura de anti-establecimiento que recalcan con un idioma burdo y obsceno, y con ataques a la moral burguesa y el establecimiento político mexicano. La crítica positiva, en contraste, subraya su experimentalismo, sus intertextos y heteroglosia poco frecuentes en la narrativa mexicana de entonces. En esta sección se examina un escritor representativo del grupo, Fernando del Paso.

Linda sesenta y siete: historia de un crimen (México: Plaza & Janés, 1995) desde el principio establece quién ha cometido el crimen y el suspenso resulta por el temor de que un inocente sea encarcelado y el culpable triunfe. Como se explicará a continuación, Fernando del Paso combina dos subgéneros de la novela policíaca: el clásico (paródicamente) y el de los *tough guys* y las variaciones dentro de ellos en *Linda 67*.

Linda 67, narrada por un narrador omnisciente bastante caprichoso en cuanto a la información que provee al lector, establece desde el principio que David Sorensen, ciudadano mexicano, hijo de un diplomático venido a menos, asesina a su esposa Linda, hija de un millonario tejano, porque Linda se iba a divorciar de David por petición de su padre. El crimen ya se ha cometido cuando empieza la novela de manera que el narrador omnisciente presenta los pensamientos de David mientras éste rememora el crimen y hace planes para sacarle quince millones de dólares a su suegro. Samuel Lagrange quien ama a su hija con locura, nunca aprobó su matrimonio con David. Por ello, la obliga a comenzar los trámites para divorciarse de David. Al ser informado que su hija ha desaparecido y que hay unos secuestradores que piden quince millones de dólares, sospecha inmediatamente que David ha matado a su hija. Para complicar la situación aún más, el autor recurre al clásico triángulo amoroso, amén de la infidelidad matrimonial, introduciendo la posibilidad de otras motivaciones, como los celos, o la venganza. Aumentan las complicaciones con la introducción de otro crimen secundario, resultado del azar, que sitúa un testigo en el lugar del crimen: un vagabundo estaba por el despeñadero la noche en que David empujó el coche de Linda por un barranco. Un Daimler con placa de California, "Linda 67." David había tratado de implicar al amante de Linda, Jimmy Harris, en el asesinato, al dejar su tarjeta de crédito en el coche de Linda y haber tratado de ubicarlo en las cercanías del crimen. El hippy que presencia el asesinato chantajea a David y se apodera de los quince millones sin que el Inspector Gálvez (muy amigo de Lagrange y por ello convencido de que David ha cometido el crimen) logre atraparlo. Lagrange, persuadido que David con la ayuda de secuaces va a lograr evadir las autoridades, deposita otros quince millones de dólares en una cuenta a nombre de David dando como origen de la transacción Suiza. La novela se vuelve bastante barroca con la introducción de la teatralidad, puesto que el suegro de David contrata varios actores quienes hacen el papel de dueños de una importante corporación en Suiza que le ofrecen a David la oportunidad de ser su representante en San Francisco. Para ello entrevistan a David en Berna y abren una cuenta bancaria a nombre de David en dicha ciudad. La cantidad en cuestión iba a ser $15,000. 00 pero al ir al banco David es arrestado puesto que aparecen quince millones. Irónicamente, lo que en realidad delata a David son las llaves del coche que olvidó descartar y Gálvez las encuentra entre los objetos personales que declara al ser arrestado. El vagabundo hippy es arrestado al tratar de depositar parte del dinero que había sido marcado y David espera en su celda ser sentenciado. La novela, sin embargo, no indica la posibilidad de conseguir un buen abogado con los quince millones que tiene David en una cuenta bancaria.

Es fuera de lo usual el uso de una voz narradora omnisciente que provee al lector hechos que provocan el suspenso ante la posibilidad de que un inocente, Jimmy Harris, sea encarcelado por un crimen que no cometió. Tal enfoque suministra a la novela cierta originalidad puesto que el enfoque narrativo es generalmente limitado para mantener el suspenso. También es notable el trato irónico de los detectives quienes siguen pistas falsas y casi consideran a Jimmy Harris el asesino de Linda.

Aunque es obvio que del Paso ha abandonado el tipo de crítica social tajante de sus novelas tempranas, aparecen varios elementos típicos de la Onda incluyendo el uso de intertextos (títulos de películas y operas, canciones populares, nombres de autores de novelas policiales), y un muy sutil cuestionamiento de los valores éticos y morales de las clases altas mexicanas. Repetidamente se alude al hecho que David no parece mexicano porque es rubio y muy blanco. En contraste, su amante Olivia, muy morena, le dice que si ella descubre que él ha matado a su esposa, no podría continuar amándolo.

Un tema muy repetido se refiere a las comidas en restaurantes de cinco estrellas en San Francisco, principal lugar de la acción con abuyndantes detalles sobre los platos gastronómicos y los vinos caros. David, debido a su vida como hijo de un diplomático que vivió en varios países y daba grandes fiestas donde se bebía y comía lo mejor posible, continúa semejante nivel de vida gracias al dinero de su esposa.

La novela constituye una ruptura estructural con los modelos del género ya mencionados y por ello merece la atención de este estudio. Desde un principio se sabe que se ha cometido un crimen y se describe el plan y la ejecución por medio de un narrador omnisciente. Tampoco aparece en la novela lo que se podría considerar el típico protagonista-héroe del género. Ninguno de los personajes en la novela es agradable y sólo hay una galería de individuos que reflejan una sociedad corrupta y materialista. El suspenso que se produce en el texto resulta de la posibilidad que el culpable escape y el inocente sea condenado.

EL ENFOQUE COLOMBIANO

Germán Espinosa, nacido en Cartagena en 1938, ha publicado ya más de más de una docena de novelas. *La tejedora de coronas* (1982), entre sus obras más conseguidas, fue aclamada por Mario Vargas Llosa, Seymor Menton y otros críticos y novelistas prestigiosos. *La tragedia de Belinda Elsner* (1991), su primera novela policía, se narra omniscientemente (como se observó en la novela de Fernando del Paso), algo fuera de lo usual ya que típicamente la voz narradora de la novela policía utiliza o primera o tercera persona para evitar que el lector reciba toda la información de antemano. El narrador omnisciente de *La tragedia*, sin embargo, resulta poco fiable y el lector no puede contar con una información acertada de los sucesos. El engaño sólo se descubre al final de la novela cuando al igual que en muchos *whodunit*, se revela como el asesino es el personaje que menos se esperaba. El narrador omnisciente exhibe gran virtuosidad al pasar de personaje en personaje, de una escena a otra, como si fuera una cámara cinematográfica. El montaje resultante, el contrapunteo del relato, provee al lector con una narración que se desliza con rapidez singular e inesperada.

En la primera parte de la novela el lector recibe la impresión de que la narración trata de una mujer que asesina paralíticos. El minucioso examen psicológico que hace el autor de los personajes y los motivos recurrentes de la situación social colombiana, contribuye a que la novela no se limite a ser leída como puro entretenimiento. La constante de que en Bogotá el robo de automóviles y atracos diarios forma parte de la vida de los ciudadanos, exhibe otra característica de la novela policía que trata de denunciar la corrupción de la sociedad y el barroquismo de la burocracia. Pero en realidad, como luego descubren los dos investigadores, una mujer y un varón (Holmes y Watson), las apariencias engañan a muchos, incluyendo a los lectores, puesto que el narrador omnisciente no es de fiar y los sospechosos obvios son inocentes.

Espinosa manipula los dos subgéneros inyectando paródicamente caricaturas de personajes típicos. Como en el subgénero clásico, la novela tiene dos investigadores, Jairo Zamudio, Comisario Judicial, y la doctora Annabel Rosas, Juez 99 de instrucción criminal. Zamudio desempeña el papel del investigador incompetente mientras que Rosas es la Holmes del duo. Igual que en el subgénero de los *tough guys*, se cree que la racha de crímenes son cometidos por una mujer antes recluida en un manicomio, dirigido por el padre psiquiatra de la doctora Rosas. La mujer, cuyo crimen fue el asesinar a su marido paralítico, escapa del manicomio vestida de enfermera y la policía la busca por toda la ciudad mientras que el número de inválidos asesinados aumenta diariamente. Dada la relación del padre de la doctora con el manicomio, los investigadores se encuentran involucrados más directamente de lo usual. Como en el subgénero de los *tough guys*, la crítica social impera a través de las descripciones de una ciudad en decadencia mermada por el crimen. Con el hurto de los parabrisas de los coches, y el robo del coche de Zamudio, el crimen callejero pervasivo funciona como un *Leitmotiv* que forma parte del medio ambiente, del paisaje de la ciudad.

Para reiterar, a diferencia de los modelos básicos de ambos subgéneros, se utiliza un narrador omnisciente que oculta los sucesos y permite que el lector siga las pistas falsas, adentrándose por callejones sin salida donde se encuentran enmarañados los investigadores hasta que, finalmente, llegan al descubrimiento del culpable por "chiripa," como se diría vulgarmente en Colombia. Zamudio y Annabel creen que Belinda ha matado a su gemela y está valiéndose de la identificación de su hermana. Creyendo que Belinda va a matar a otro paralítico, su hijastro, el famoso cantante Nelson Chala, van a la casa de éste donde descubren que no sólo no es paralítico sino que dicho individuo resulta ser el encubierto criminal en serie que se vestía de enfermera.

El juego lúdico de la novela se destapa frecuentemente por medio de la autorreflexividad, de elementos metaficticios. Los siguientes ejemplos son ilustrativos. Como la supuesta asesina de paralíticos se disfraza de enfermera, el juez de instrucción piensa lo siguiente: "… el caso de los crímenes de la enfermera—¡que título para una mala novela!¹⁴" Mientras asisten al funeral de uno de los paralíticos asesinados, llueve, inspirando esta reflexión de Zamudio: "—Esto de que llueve cada vez que se celebra un funeral, solamente ocurre en las películas. Pero, claro, mi vida tiene que ser una película" (85). Otro ejemplo de dicha metaficción se observa cuando Nelson Chala concreta: "—Si esto fuera una película—dijo el músico, en cambio, poniendo en juego toda su simpatía y también cierta capacidad histriónica—, yo habría tenido que sorprenderme de que el juez 99 de instrucción criminal fuera una dama. Pero en Colombia, doctora Rosas, las mujeres llevan hoy la batuta, ¿verdad?" (76).

Igualmente notable en la novela es la miríada de intertextos que dialogan con el texto de Germán Espinosa e inyectan la ironía lúdica que caracteriza la narración. Verbigracia la alusión siguiente a la "Purloined Letter" de Poe, citado directamente en el texto y a quien pertenece uno de los epígrafes de la novela. La doctora Rosas evoca el antecedente de Poe al comentar que: "Todo, todo lo tenemos delante de los ojos. Sólo hace falta descifrarlo" (90).

Como se ha tratado de establecer, Germán Espinosa no ha caído en la trampa de seguir la línea real maravillosa del genial Gabriel García Márquez como han hecho numerosos escritores de las últimas dos décadas. Espinosa han logrado establecer sus auténticas voces posmodernas, produciendo una prosa, unos temas que enriquecen el panorama del

---

¹⁴Bogotá: Tercer Mundo Editores, 1991, pág. 112. De aquí en adelante las páginas en el texto.

la narrativa colombiana contemporánea. Igualmente Espinosa se va a las masas, muestra la vida popular y presenta al lector un cuadro de las costumbres andinas por medio de una prosa salpicada con voces populares. Espinosa subvierte el género policío y ofrece una visión fascinante de la vida en la capital colombiana. Los dos autores siguen rumbos diferentes, pero ofrecen al lector originales perspectivas del moderno mundo colombiano.

El detective cubano

Probablemente uno de los más interesantes novelistas de la novela policía hispanoamericana de las últimas dos décadas del siglo XX sea el cubano Leonardo Padura Fuentes. Sin duda, figura entre los mejores estilistas del género. Dicho autor ha publicado una tetralogía policíaca titulada *Las cuatro estaciones* que constituye una de las más notables incursiones de un autor hispanoamericano en el género policíaco. La primera novela de la tetralogía, *Pasado perfecto* (Tusquets, 2000), se desarrolla en el invierno de 1989. *Vientos de cuaresma* galardonada con el Premio UNEAC de novela (Cuba, 1993), se desenvuelve durante la primavera del mismo año. *Máscaras*, premiada con el Premio Café Gijón en 1995, transcurre en el verano de 1989. *Paisaje de otoño* toma lugar en el otoño, cerrando el ciclo anual. Las cuatro novelas tienen como protagonista al teniente Mario Conde y emplean La Habana como trasfondo geográfico. Uno de los numerosos *Leitmotivs* de las cuatro narraciones, como era de esperar, es el clima con sus cambios durante las cuatro estaciones del año en cuestión. *Pasado perfecto* a menudo describe el frío (relativo) y una llovizna reiterativa: "Ya había empezado a caer una llovizna fría... el frío se podía sentir aún en el automóvil cerrado..." (72). *Vientos de cuaresma* destaca la belleza del renacer o despertar de la naturaleza después de la frialdad del invierno. *Máscaras* reitera el intenso calor y la humedad del verano: "Tenía que ser el verano más caliente que había vivido..." (123). *Paisaje de otoño* anuncia repetidamente la aproximación casi apocalíptica del huracán Félix que está a punto de azotar la isla, típico fenómeno otoñal.

A continuación se analizarán algunos motivos repetitivos y elementos estructurales que aparecen a través de tres de las novelas: *Pasado perfecto, Máscaras,* y *Paisaje de otoño.* No será la intención de este ensayo proporcionar muchos detalles sobre la trama y el proceso de descubrir a los culpables de los respectivos crímenes en dichas novelas. Se consideran preferentemente los motivos y el estilo vibrante y original de Leonardo Padura Fuentes, pues resultan mucho más interesantes que el suspenso proporcionado por la investigación de los acontecimientos y el eventual descubrimiento de los culpables. Entre los *Leitmotiv*s se destacan recetas de platos, crítica social, descripciones escatológicas, humor, violencia, erotismo (particularmente el onanismo). Los elementos estructurales más repetidos son la metaficción y una miríada de intertextos literarios y musicales. Es el estilo original, sin embargo, lo que destaca los textos del autor cubano.

La comida es un motivo favorito de la novela policial, desde los platos y vinos exquisitos que describe Vázquez Montalbán por medio de su bien conocido protagonista gourmet, Pepe Carvalho, hasta los proletarios bocadillos y cervezas que devoran y beben los personajes de Juan Madrid. Padura Fuentes aprovecha tal motivo no sólo para realzar la humilde pero exquisita comida caribeña, sino también para subrayar la condición económica de la Cuba comunista. Véase, por ejemplo, el siguiente festín que se describe en *Pasado perfecto*:

> —No *nothing special* pero muy rico. Oye bien: las malangas que tú trajiste, hervidas, con mojo y les eché bastante ajo y naranja agria; unos bistecitos de puerco que quedaron de ayer, imagínate que están casi cocinados por el adobo y alcanzan a dos por cabeza; los frijoles negros me están quedando dormiditos, como a ustedes les gusta, porque están cuajando sabroso y ahora voy a echarle un chorrito de aceite de oliva argentino que compré en la bodega.... (30-31)

La que habla es Josefina, la madre del Flaco (que ya no es flaco aunque sí paralizado), un buen amigo del TenienteConde, quien es paralítico como resultado de un balazo que recibió en la columna vertebral mientras guerreaba en Angola al lado de los rusos con las tropas cubanas. Como se sabe, Angola resultó ser una especie de Viet Nam cubano donde muchos soldados perdieron la vida o quedaron lisiados. El Conde logró escapar del ejército y, por lo tanto, frecuentemente se siente culpable de que su amigo haya pasado por dicha experiencia traumática y él escapara. Dado que el Flaco se encuentra en una silla de ruedas y Josefina es muy buena cocinera, el Conde aprovecha para hacer juerga con el amigo lisiado muy frecuentemente y de paso comer los exquisitos platos de Josefina. En uno de los muchos festines, el Conde le pregunta a Josefina dónde consigue ella algunos de los ingredientes. Como el Conde es policía, ella evade la pregunta pero se entiende que el contrabando, la corrupción y el hecho de que el hijo es veterano de Angola, le permiten a Josefina conseguir (con dificultad económica) viandas y licores que no están al alcance de todos los cubanos. Por otra parte, se subraya con frecuencia el estado lastimero de la nevera del protagonista, lo poco que hay en su despensa de soltero, y también lo difícil que es para el promedio de los cubanos conseguir todos y cada uno de los productos citados en relación a la fiesta, con excepción de los frijoles. Es un retrato de la escasez, la falta de productos, incluyendo comestibles, no sólo de lujo—sino de lo más básico—como se aprecia cuando el Conde y otros amigos visitan un bar clandestino (por ser empresa privada, capitalista, a espaldas del gobierno). Otro amigo lo administra en el patio de su casa, y se considera algo muy especial que les ofrezca queso y galletas. Esto es el extremo opuesto del gourmet (o gourmand) y lo único que confiere exquisitez es aquello de que "la mejor salsa es el hambre."

En *Máscaras* se establece el gran contraste entre lo que se come en Cuba con lo que se come en otros países. Un dramaturgo cubano venido a menos por su homosexualidad, le describe al Conde sus experiencias gastronómicas y aventuras sexuales en Paris donde los travestís no son maltratados como ha sido el caso en *Máscaras*, donde el Conde investiga el asesinato de un travestí: "Fue una cena deliciosa, en la que ni siquiera faltaron las velas: bebimos vino de Burdeos, comimos platillos de quesos franceses combinados con los mejores quesos italianos, y una carne con salsa de champiñones que embriagaba cada una de las papilas de la boca y de la memoria afectiva, incapaz de evocar otro sabor así. Y el helado holandés del postre..." (165). Se debe apuntar, que en el último análisis, aunque el travestí es asesinado por su padre, no es primordialmente por ser travestí. El padre estaba abusando la familia, y el hijo travestí amenazó con denunciar su estilo de vida "contra-revolucionaria" si no dejaba de abusar a la madre. Por medio de *Máscaras*, Padura Fuentes denuncia la situación de los homosexuales perseguidos en Cuba. El dramaturgo en cuestión, Alberto Marqués, un individuo reconocido internacionalmente pierde su alta posición de Director del Teatro Nacional por su homosexualidad. El grueso expediente que mantienen sobre Marqués en el Ministerio de Cultura lo describe de la siguiente manera: "… homosexual de vasta experiencia depredadora, apático político y desviado ideológico, ser conflictivo y provocador, extranjerizante, hermético, culterano, posible consumidor de marihuana y otras drogas, protector de maricones descarriados, hombre de dudosa filiación filosófica, lleno de prejuicios pequeñoburgueses y clasistas" (41). Como se debe notar, el ataque oficial e ideológico no es sólo contra su vida personal, sino también a su obra teatral en cuanto al tipo de dramas que ha escrito. Y el texto hace hincapié en que no sólo se le ha quitado el puesto sino que ya no se representan sus obras, ni se distribuyen, ni se refiere la crítica a ellas. De manera muy parecida a como el régimen de Franco silenciaba la existencia de escritores de la oposición y su obra, se entrevé que la dictadura castrista ha aumentado el castigo del altivo intelectual al obligarlo a ser testigo de su propio aniquilamiento cultural. O eso se proponía, aunque se revela que él ha tomado medidas para contrarrestar su desaparición y olvido culturales.

Hay una miríada de intertextos musicales y literarios. De particular atención es la fascinación que el Conde y sus amigos de infancia tienen por la música popular de los sesenta. El título de la novela *Pasado perfecto*, sugiere que echa de menos a un pasado recordado como sencillo y perfecto y por ello, la música de ese época frecuentemente provoca un salto proustiano al pasado. En los siguientes renglones se describen tales sentimientos:

> *Strawberry Fields* (sic) venía siempre así, sin anunciarse, y empujaba todo lo demás. La estaba cantando, volvía sobre cualquier fragmento y se sentía mejor, ya no veía el cielo oscuro ni tristemente encapotado ni la imagen de Rafael Morín discurseando desde la plataforma del Pre, no quería fumar y no escuchaba lo que Manolo le contaba de su última conquista amorosa, mientras lo llevaba a la casa de Tamara, *Strawberry Fields*, *for ever, dan, dan, dan*.... (85)

El caso que se investiga en el asesinato de Rafael Morín, carrerista y arribista desde que estaban en el Pre y el individuo que se casa con Tamara, la mujer más amada por el Conde. La canción de los Beatles sugiere ese deseo de libertad, añoranza de independencia imposible en la Cuba comunista. Sugiere también un paraíso perdido el cual no se logrará encontrar jamás.

Otro intertexto musical que subraya el carácter romántico (con el sentido popular del término) del Conde son los siguientes renglones de *Paisaje de otoño:* "Pasarán más de mil años, muchos más, yo no sé si tenga amor, la eternidad, pero allá tal como aquí, en la boca llevarás, sabor a mí..." (138). Tal bolero, el favorito del Conde, que le gustaba "sobre cualquier otro bolero en la faz de la tierra y de la lengua," subraya un sentimiento de posesión, de pasión y de permanencia que él siempre deseó cada vez que se enamoraba. Desafortunadamente, ellas solían olvidarse de él, mientras el Conde sufría amargamente e inmediatamente deseaba distanciarse de boleros hasta que se enamoraba otra vez. En los siguientes renglones el policía comienza el proceso de enamoramiento:

> Esa tarde traicioneramente, el policía sintió deseos de cantar un bolero, aun sabiendo que estaba muy lejos de la posibilidad de enamorarse. Miriam nunca hubiera sido la mujer capaz de provocarle esa sensación de invalidez que le provenía del amor, aunque no habría dudado un instante en revolcarse con ella.... Le gustaban sus muslos, le gustaban su astucia y sus miedos posibles, pero le gustaban sobre todo sus ojos, aquellos ojos de animal depredador que lo hicieron recordar otro viejo bolero—"por eso es que en las playas/ se dice que hay sirenas/ que tienen ojos grises,/ profundos como el mar..." (*Paisaje de otoño*,138)

El hecho de que el Conde asistió a la universidad por varios años y se retira sin el título de psicología, se observa debido al uso de frecuentes intertextos de literatura que aparecen a través de las tres novelas. Varían desde Shakespeare y autores hispanoamericanos hasta varios textos muy conocidos de la novela policíaca.

En los primeros renglones de *Pasado perfecto*, los cuales describen al Conde tratando de despertar cinco horas después de haberse acostado borracho, recuerda "su imagen de penitente culpable, arrodillado frente al inodoro, cuando descargaba oleadas de un vómito ambarino y amargo..." (13). Una cita de *Hamlet* le llega al cerebro adolorido y medio dormido: "Dormir, tal vez soñar, se dijo..." (13). Unas cien páginas más adelante, a manera de descripción física de uno de los personajes, el lector halla los siguientes renglones: "El cuerpo atlético del viceministro, el pelo abundante y lacio que se abría en el medio de la cabeza y su estatura de muchacho en pleno desarrollo le hubiera sugerido al Escribidor de Vargas Llosa..." (118). También se alude a la Estrella de Cabrera Infante en *Tres tristes tigres* en las siguientes líneas de *Máscaras*: "... de día se llama Esteban y de noche Estrella, porque ella es la que canta boleros" (144). El contraste aquí con la novela de Cabrera Infante es fundamental ya que en *Tres tristes tigres* la cantante de boleros era mujer, mientras que en *Máscaras* se trata de un travestí. También hay una alusión irónica en dicha novela a la crítica o teoría contemporánea. Cuando uno de los personajes femeninos en una fiesta de intelectuales descubre que el Conde escribe cuentos, le pregunta al policía: "¿Y eres posmoderno?" (141). El Conde, sorprendido por tal pregunta, sin saber qué responder, y preguntándose si debería ser posmoderno, contesta: "—Más o menos—dijo, confiando en la posmodernidad y en que ella no le preguntara cuánto más y cuánto menos" (141).

El sargento Manuel Palacios (Manolo) participa con el Conde en todas las pesquisas relevantes a los casos en cuestión. Puesto que el Conde no maneja, a Manolo le toca conducir un destartalado coche frecuentemente a velocidades que indisponen al teniente. Como puede esperarse los paralelos entre Holmes y Watson frecuentemente se establecen. Sin embargo, ni el Conde es Holmes, ni Manolo es Watson. En *Máscaras*, de hecho, Marqués trata de reducir al Conde a Watson y establecerse como Holmes: "Elemental, teniente Conde..." (162). Usando la muletilla de Holmes, "elemental," Marqués, típico de su caracterización como individuo arrogante, se instala en un nivel superior al del teniente.

En *Paisaje de otoño* reside el intertexto de *El halcón maltés*. En efecto, en vez de un halcón, la figura preciosa por la cual varios personajes pierden sus vidas es la estatua de un Buda de oro labrada hacía unos quince siglos: "... Su cuerpo, cubierto por una bata en la que el metal hacía pliegues asombrosos, limpiamente torcidos, debía de superar los cuarenta centímetros, desde los pies, posados sobre la hoja de loto..." (196-197).

La crítica de la situación social y política es bastante obvia y se subraya a través de frecuentes situaciones e imágenes grotescas aunque patéticas en general. La necesidad de hacer cola para todo se alude breve y someramente en *Paisaje de otoño*: "En su época de estudiante en la universidad, solía levantarse veinte minutos antes de lo necesario para hacer cola y esperar un ómnibus vacío" (45). La escasez de zapatos finos lleva al Conde a rememorar su juventud en el Pre:

> El Conde cerró los ojos y los vio otra vez: eran unos mocasines, cómodos hasta de mirarlos, de un caoba que se enfurecía hacia el marrón, con la paleta tejida y las suelas levísimas... y ahora Mario Conde pensaba si aquellos zapatos que vio pasar por su lado y con los cuales todavía soñaba—que nunca había llegado a tener: ni siquiera unos parecidos—no fueron la causa de que terminara siendo policía... y darles unos compañeros menos proletarios a sus botas rusas, más propicias para andar por las estepas, la tundra o la mismísima taiga. (54)

En *Pasado perfecto*, el Conde nostálgicamente compara el vecindario de su juventud con el presente: "El Conde miró con una nostalgia que ya le resultaba demasiado conocida la Calzada del barrio, los latones de basura en erupción, los papeles de las pizzas de urgencia arrastrados por el viento, el solar donde había aprendido a jugar pelota convertido en depósito de lo inservible que generaba el taller de mecánica de la esquina. ¿Dónde se aprende ahora a jugar pelota?" (18). El solar es un *Leitmotiv* del ciclo novelesco, y obviamente tiene categoría/función simbólica—lo bueno del pasado convertido en basurero. La apatía del vecindario, muy típico de países comunistas donde falta un aliciente para mejorar, es patente en unos pocos renglones que contrastan ese pasado perfecto con un presente desagradable. Una escena parecida, con reflexiones casi idénticas, se encuentra al comienzo de *Máscaras*. La idea del tiempo perdido—el pasado irrecuperable—es otro *Leitmotiv* de la tetralogía. Obviamente su misma estructura y las referencias de los títulos al ciclo de las estaciones, sirven para acentuar el tema del tiempo, su huida irreversible. Pero no sólo se pierde el tiempo en *Las cuatro estaciones*, se pierde todo: la juventud, la salud, la fuerza, el optimismo, la fe en el prójimo, el amor, las ilusiones, la esperanza. Y esto sin mencionar lo material, que deteriora visible y constantemente, provocando reiterados comentarios sobre el aspecto de la ciudad, los barrios, las casas, los muebles, las personas. El aspecto principal bajo el cual aparece el tiempo es el destructor.

En *Máscaras* hay una reprobación más incisiva de la revolución cubana cuando se discute la parametración de los artistas. Marqués le informa al Conde como fue parametrado en 1971: "Bueno, empezó toda aquella historia de la parametración de los artistas y me sacaron del grupo de teatro y de la asociación de teatristas, y después de comprobar que no podía trabajar en una fábrica, como debía ser si quería purificarme con el contacto de la clase obrera... pues me pusieron a trabajar en una biblioteca..." (54-55).

El humorismo es una parte imprescindible de la novela puesto que frecuentemente trata de sucesos desagradables y describe lugares paupérrimos. Como consecuencia, las situaciones lúdicas proveen una válvula de escape y permiten una lectura rápida y grata de las novelas. En el siguiente ejemplo que ilustra también la prosa pintoresca y auténtica de Padura Fuentes, el Conde le informa a Manolo que él también tiene hambre (otro motivo repetido a través de todo el ciclo novelesco): "—¿Y de qué tú crees que tengo yo la barriga? Con lo que tomé anoche, el ayuno de hoy y el tabaco que me regaló el Viejo, me parece que tengo un sapo muerto en el estómago" (80). En los renglones que preceden se nota otro motivo frecuente en las novelas policiales, el consumo excesivo del alcohol, que constituye otro *Leitmotiv* de la tetralogía, esta vez sin cambios de modelo paradigmático.

Típico del género policial es el elemento erótico que se presta a frecuentes encuentros sexuales del investigador. El Conde consigue también varios encuentros sexuales. Lo original en las novelas de Padura Fuentes, de hecho, es que el Conde no tiene la facilidad del típico sabueso para seducir a las mujeres. Por lo tanto, practica el onanismo frecuentemente y ha denominado las diversas maneras de hacerlo con designaciones particulares:

José Antonio, experto pajero si los había en el universo, practicante de la paja del fantasma, de la capuchino, de la ambidextra, de la jabonosa, de la mixta y de siete modalidades más (incluida la suicida paja del murciélago, aquella que únicamente se consigue colgándose del alero de una casa con un brazo, mientras se otea por la ventana de un baño y la otra mano ejecuta la frotación), le había aconsejado que el mejor modo de hacerlo (sobre todo si era la primera vez) era mojándose con saliva.... (164-65)

Las novelas de Padura Fuentes muestran muchos elementos posmodernos, siendo el más evidente la metaficción. Dicho recurso estructural se consigue al establecer en todas las novelas el hecho de que el Conde es un escritor frustrado. Cuando estaba en el Pre colaboró con un cuento en la revista estudiantil del colegio. Desafortunadamente, la revista y todos los colaboradores fueron censurados por tener tendencias burguesas y capitalistas. El Conde, sin embargo, continúa obsesionado con la posibilidad de ser escritor. En *Paisaje de otoño*, la última novela de la tetralogía, el Conde decide que debería escribir los sucesos acontecidos. En los últimos renglones de la novela, mientras el huracán desata su furia contra la Habana, el Conde en su humilde aposento, se prepara a escribir:

...Quedaría, si acaso, la memoria, sí, la memoria, pensó el Conde, y la certeza de aquella posibilidad salvadora, lo hizo abandonar la cama, caminar hasta la mesa de la cocina y acomodar en su superficie manchada de quemaduras de cigarros, ácidos de limón y erosiones de rones vertidos, su vieja máquina Underwood. Sí, ya era tiempo de empezar.... *Pasado perfecto*: sí, así la titularía, se dijo, y otro estruendo, llegado de la calle, le advirtió al escribano que la demolición .aba... (259-60)

Este final subraya la estructura circular del ciclo novelesco, puesto que comienza a escribir la primera parte, sugiriendo la figura del ouroboros.

La tetralogía policial de Padura Fuentes se distingue por haber conseguido que unos sucesos, unas situaciones mediocres sean descritas, narradas tan magistralmente, que el contenido no resulta más importante que el estilo, las metáforas, las comparaciones que convierten dichas novelas en una experiencia estética seductora. Con ello, el escritor cubano introduce una nueva variación en el género policial: tan importante como el desenlace, la solución del crimen, es el proceso narrativo.

LA PERSPECTIVA CHICANA: *EULOGY FOR A BROWN ANGEL* Y *CACTUS BLOOD*: NOVELAS POLICÍACAS DE LUCHA CORPI

Eulogy for a Brown Angel lleva un subtítulo que la identifica como novela de misterio, y en efecto se podría calificar como novela policíaca si se mira al hecho de que hay un par de crímenes con las subsiguientes investigaciones. Inevitablemente, la policía tiene un papel activo en los casos. Sin embargo, Corpi ha amalgamado varios subgéneros en la novela, particularmente al presentar como protagonista a Gloria Damascos, ama de casa y chicana activista, quien por lo tanto no es detective de profesión. Su participación en las pesquisas es el resultado fortuito de descubrir el primer cuerpo. Podría decirse que Corpi logra amalgamar los dos subgéneros, examinados en la introducción, en esta novela.

Eulogy for a Brown Angel no tiene ni los superdetectives del primer subgénero, ni tampoco aparecen los "duros" del segundo; sin embargo, combina aspectos de los dos subgéneros descritos en cuanto a la estética del misterio a resolver y la ética de la corrupción social. Además de estos dos elementos, Corpi agrega otro aspecto tangencial de ciertas novelas detectivescas que tienen como personaje importante el psíquico o un individuo con poderes paranormales cuya ayuda resulta clave en la solución del crimen. En cierto sentido, es variante sobre el loco visto previamente en este estudio, que procede por instinto, y casualidad— lo fortuito. Ambos, obviamente, son una especie de rechazo/subversión del modelo cerebral, intelectual—Holmes—que lo resuelve todo por raciocinio.

Gloria Damascos tiene un don psíquico denominado en inglés como *psychometry* (psicometría). Los individuos dotados con tal poder pueden identificar o llegar a saber muchos detalles acerca de la personalidad y aspectos biográficos de ciertas personas por medio de contactos con pertenencias personales u otras cosas relacionadas con ellas. Al tocar tales cosas, el psíquico tiene visiones, *flashes* que le permiten obtener información que no podría ser lograda por medios normales. También estos individuos por lo común tienen experiencias disasociativas, valga la palabra, durante las cuales sienten que se salen de su cuerpo y pueden ver su cuerpo inánime mientras flotan por el espacio.

El 29 de agosto de 1970, dos jóvenes chicanas, Gloria y Luisa, mientras participaban en una manifestación en Los Angeles denominada National Chicano Moratorium, descubren en una de las calles circundantes a un niño muerto. El niño parece estar dormido, y al acercarse a examinarlo, Gloria descubre algo chocante: la boca la tiene llena de excremento humano. La reacción de Gloria es alejarse del niño que comienza a ser cubierto por moscas, arrecostarse a la pared más próxima y vomitar profusamente. Mientras Gloria arroja, tiene una repentina visión: parece estar volando y observando todo lo que ocurre abajo. Se ve a sí misma desmayada, ve a Luisa, al niño muerto, la manifestación que se ha vuelto violenta: los policías lanzan gases lacrimógenos y golpean a los manifestantes y algunas personas comienzan a arrojar *Molotov Cocktails* con los resultantes incendios. Cuando Gloria vuelve en sí, se encuentra que había caído de cara en su propio vómito y sólo habían transcurrido unos ocho minutos.

Este incidente funciona para inspirar la investigación por parte de Gloria, ayudada a veces por Luisa. Es una investigación obviamente no oficial, aunque su interés en el caso le lleva a hablar con la policía. La investigación queda interrumpida por muchos años cuando el marido de Gloria exige que la abandone. La intervención de Gloria, incluido este lapso, abarca unos dieciocho años de su vida, mientras que la historia descubierta ha involucrado cuatro generaciones (el niño muerto es la cuarta generación). Para desentrañar intrincadas motivaciones de su asesinato, resulta necesario examinar la historia y las pasiones de las tres generaciones anteriores. No es, pues, la acostumbrada historia detectivesca que suele desenvolverse en pocos días o pocas semanas. Cuando toca esta historia a su final, ya ha recapitulado más de medio siglo de la familia del niño muerto.

La novela se divide en dos partes aunque los capítulos son numerados consecutivamente. La primera sección encabezada con la fecha 1970 narra la investigación inicial, y la segunda, fechada 1988, narra lo descubierto cuando Gloria vuelve a la investigación dieciocho años después. La primera parte, dividida en diecisiete capítulos titulados, tiene como narradora a Gloria. La segunda parte, compuesta de ocho capítulos titulados, es presentada por medio de un narrador omnisciente. He aquí otra desviación importante de la típica novela policial (lo cual se observó en Espinosa y del Paso)—algunos narradores, sin embargo, ocultan más que otros. Normalmente, se narra por medio de la tercera o primera persona del singular, ya que un narrador omnisciente impediría el suspenso que acompaña la limitada información que de lo contrario recibiría el lector de las otras voces narradoras. Sin embargo, en el caso de *Brown Angel*, cuando la voz omnisciente apropia la narración, ya no es cuestión de saber quién sino porqué, lo cual requiere resumir eventos históricos, indagando en motivaciones personales que ninguno de los personajes podría saber. Este propósito exige un buceo en el pasado y en los inconscientes de varios personajes que sólo un narrador omnisciente lograría. Por ello, tal cambio de narrador se recupera en la novela de Corpi. Para ser más claro, existe una cabal justificación por tal cambio de voz narradora, algo que por lo general las normas literarias no "permiten"en una novela convencional.

    La explicación completa implica la historia de cuatro generaciones. Incorpora el mito de Caín y Abel con el motivo de la rivalidad y el odio entre hermanos, profundizando más en motivos relacionados al introducir la cuestión de herencia y la posible amenaza de que el supuesto primogénito quede desheredado. Es bastante más complicada la trama, sin embargo, con aspectos de novela gótica también debido al papel de amores secretos, ilícitos, encubiertos por una familia victoriana. Entre otros elementos góticos figuran el encierro de la joven extraviada, la locura, el suicidio, y la violación dentro de la familia. Hay además los documentos secretos, enterrados, el veneno, un incendio premeditado, amén de varias muertes fortuitas o a destiempo. Se trata de una acumulación francamente barroca de incidentes accesorios, un argumento laberíntico, y varias pistas falsas. El resultado de tanta añadidura recuerda algo la novela bizantina con las coincidencias, los hijos desconocidos de sus padres o madres desconocidas de sus hijos, encuentros gratuitos y poder del azar. El lector aficionado a la opera también observará coincidencias con ese género, sobre todo en el tema de la venganza, la traición, la tendencia romántica a abarcar el mayor número posible de tiempos y espacios, junto con numerosos argumentos secundarios, así desafiando los límites neoclásicos de duración, lugar y acción.

Entre los elementos más decisivos respecto a la motivación del crimen son los incidentes que resultan de una rivalidad entre hermanos, fomentada por el abuelo materno. Michael Cisneros, Sr., se casó con Karen Bjorgun, hija de un industrial alemán quien nunca aprobó dicho matrimonio. El matrimonio tuvo dos hijos. Michael Cisneros, Jr., nació en México, pero sus padres, ciudadanos estadounidenses, lo llevaron a la embajada norteamericana para inscribirlo como ciudadano. Paul Cisneros, el segundo hijo, nació unos cuatro años más tarde cuando el matrimonio ya había regresado a California. Pero estos datos iniciales no son de fiar: a medida que la historia de la familia se desenvuelve, el lector descubre que Michael, Jr. es en realidad el hijo de una dama descendiente de Californios de alta alcurnia cuya familia se remontaba a España. Los antepasados se habían establecido en el norte de California, y los vestigios de la fortuna y el nombre todavía existían en la década de los treinta cuando la heredera, Cecilia Castro-Biddle, quedó embarazada sin marido. Para preservar el honor del nombre familiar, fue imperativo que se fuera a México clandestinamente para dar a luz al niño. Luego los Cisneros lo bautizaron y lo declararon como suyo. El abuelo alemán, Soren Bjorgun, considera a Paul como su verdadero heredero ya que él parece estar informado sobre la procedencia de Michael, Jr. Se lleva a Paul a vivir y educar en Alemania desde muy temprana edad. Cuando Paul regresa a la casa paterna, no logra convivir con los miembros de la familia y mucho menos con Michael, Jr. Entre varios ejemplos de la rivalidad entre hermanos que se describen, de relevancia particular es el reto que Michael le hace a Paul respecto a comer las feces del conejo mascota de éste. Paul acepta el reto pero luego rehusa hacerlo y Michael le pone las feces en su plato de cereal. Paul lo descubre y nunca puede olvidar ni perdonar la ofensa. Así se explican las feces humanas en la boca del niño muerto. Paul concibe el deseo de destruir a Michael en sus negocios como también en su vida personal. En un alarde entre gótico y bizantino, se descubre que Paul había violado a su cuñada Lillian, la mujer de Michael, y que Paul ignoraba que él era el padre de Michael David, el niño muerto a quien asesinó con una droga llamada pereirine, al parecer algo semejante al potente veneno curare. Figura dicha droga entre varios motivos primitivos, un núcleo chamanista que incluye los poderes psíquicos de Gloria.

La autora no se limita a lo relacionado con el crimen, el proceso de investigación, y los detalles nimios que esclarecen las motivaciones del asesino, sino que también se pormenoriza sobre una hermandad internacional bastante siniestra fundada por Soren Bjorgun. Tiene como propósito promover negocios internacionales, pero se sugieren una miríada de posibilidades extralegales puesto que tiene acceso a muchas armas de fuego y los miembros son entrenados en combate. Lo relacionado con esta organización figura entre los pocos caminos trazados y no seguidos por la autora. Tal no es el caso con la epopeya de la desgraciada heredera de ascendencia española, madre soltera que parece sufrir enormemente por estar separada de su hijo. Un motivo reiterado frecuentemente es el aria "Un bel di," de *Madame Butterfly*, que subraya la experiencia trágica de Cecilia Castro-Biddle. La desventurada heroína romántica enloquece varios años después de haber dado su hijo a los Cisneros. Ella trata de raptar a Michael, Jr., cuando éste tiene unos cuatro años pero fracasa y es recluida en un manicomio, una peripecia igualmente digna de ópera.

En la segunda parte Gloria, después de la muerte de su marido que le había pedido que abandonara la investigación, vuelve a investigar, yendo a San Francisco donde viven los Cisneros, denuncia al culpable que continuaba su venganza y estaba a punto de envenenar a Lillian. Conviene explicar que el policía de Los Angeles que investigaba el crimen y que había simpatizado con Gloria por su interés, también murió en el intervalo (cuando el crimen ocurrió ya él estaba desahuciado). Mediante un amigo, hace llegar una copia del expediente a Gloria. A la información recibida en 1970, se añaden entrevistas que Gloria hace a amigos y parientes de la familia Cisneros, lecturas de periódicos, descubrimientos fortuitos, visiones y el expediente del policía. Este conjunto de datos permite desenmascarar al verdadero culpable. Se debe aclarar que después de la investigación inicial, la policía consideraba el crimen sellado con el suicidio de un sospechoso, Joel, que había matado al miembro de un *gang* chicano apodado Santos. Tal miembro, llamado Mando, había visto a Paul, disfrazado con barba y con el "uniforme" de los Santos (chaleco de cuero negro con un dibujo de una calavera con aureola en la espalda y pantalones negros). Llamó su atención puesto que sabía que no era uno de los suyos, y lo observó depositar al niño muerto. Mando estaba a punto de informarle a Gloria lo que había observado, pero fue asesinado por Joel, a quien Paul pagaba por sus servicios. Gloria y el policía estaban convencidos que había otra persona dirigiendo los sucesos pero las pistas desaparecieron con el suicidio de Joel poco antes de ser arrestado. La perseverancia de Gloria después de dieciocho años le permite denunciar al culpable y por fin la obsesión y las visiones desaparecen.

Además de la amalgama de subgéneros novelescos, Corpi ofrece un testimonio histórico en los detalles que proporciona sobre la manifestación en Agosto de 1970. También denuncia el poder extralegal del dinero y la clase social que permite comprar la justicia en todas partes, hasta en los Estados Unidos. Son rasgos, pues, de la novela social y de testimonio o protesta. Para quienes no se interesan por los subgéneros y los ingredientes de la receta, Corpi provee una entretenida lectura de las aventuras de una chicana que rehusa convertirse en ama de casa y logra establecer su independencia al conseguir justicia para un inocente y el castigo de un poderoso magnate.

Lucha Corpi, en su segunda novela, *Cactus Blood* (1995), presenta una vez más a Gloria Damasco, quien en *Eulogy for a Brown Angel*, accidentalmente se conviertiera en investigadora. La segunda novela de Corpi tampoco tiene ni los superdetectives del primer subgénero, ni tampoco aparecen los "duros" del segundo; sin embargo, combina aspectos de los dos subgéneros descritos en cuanto a la estética del misterio a resolver y la ética de la corrupción social. Además de estos dos elementos, Corpi agrega, para repetir, otro aspecto tangencial de ciertas novelas detectivescas que tienen como personaje importante el psíquico o un individuo con poderes paranormales cuyas visiones resultan claves en la solución del crimen. Gloria Damascos aparece otra vez con el don de *psychometry* (psicometría). *Cactus Blood* presenta a Gloria, viuda y libre del marido que no quería que continuara su carrera de detective y, por ello, ahora en el proceso de aprendizaje con un amigo quien fue policía y ahora es detective privado. Lo singular de Gloria son sus visiones inauditas que le permiten seguir pistas inesperadas y estar preparada para sucesos extraordinarios.

Cactus Blood narra en parte la desgraciada historia de la indocumentada Carlota quien se ve violada por el patrón de la casa donde trabaja como criada. Aumentando su desgracia, es contaminada, cuando escapa a través de campos de viñas, con pesticidas. Cinco hombres y dos mujeres la ayudan a llevar una vida normal. Dieciséis años más tarde, uno de los hombres que la ayudó muere bajo circunstancias misteriosas y otros dos individuos han desaparecido. La investigación de los desaparecidos lleva al lector desde la huelga de los United Farm Workers en 1973, al boicoteo de las uvas en el Valle de San Joaquín, hasta el Valle de la Luna, lugar sagrado, en el cual los nativos indígenas bailaban y celebraban ceremonias, y en donde ocurre el punto culminante de la historia. Al principio, como sucede con la típica narración policial, todas las pistas parecen denunciar a un sospechoso inocente, Ramón Caballos, quien ha escapado de la cárcel recientemente. Al parecer, durante la huelga, en los setenta, Ramón explota una bomba en un tanque de pesticidas y un guarda muere en la explosión. Sus compañeros chicanos no lo apoyan y declaran contra él durante su juicio. Como resultado, Ramón ha estado al parecer en la cárcel por muchos años hasta que se descubre en la narración que no ha muerto de cáncer sino que ha escapado. Al final de la narración, se aclara que Ramón no ha sido el culpable de los crímenes y, al ser notificado que Carlota, su gran amor, está desahuciada, se fuga. Ramón al final de la novela huye con Carlota al pueblo natal de ésta en México para esperar la muerte. La culpable de los crímenes resulta ser Josie, mujer bisexual quien ama a Carlota y ha matado a su marido porque éste estaba a punto de abandonarla por otra mujer.

La novela abunda en críticas mordaces del establecimiento anglo en California que ha causado muchas injusticias contra los chicanos. Se menciona repetidamente la militancia chicana de los sesenta y setenta y se alude a la falta de compromiso social de los jóvenes chicanos del presente. Es de interés particular para la autora denunciar el machismo hispano que aún hoy día mantiene a la mujer bajo una especie de control patriarcal. Es notable también el número de mujeres violadas que aparecen en el texto y no todas lo son por patrones anglos. Una mujer hispana en el texto le recomienda a la hija no casarse con hispanos porque frecuentemente se emborrachan y apalean a sus mujeres. Irónicamente, en cuestiones legales como la ayuda de indocumentados y el escape de presidiarios, la novela profesa un contextualismo ético no muy desconocido en las novelas *hard-boiled.*

La novela está escrita en inglés, pero contiene múltiples expresiones en español y argot mexicano/chicano ("pos sí," "vato es de accro," "migra" [157]). También aparecen muchos intertextos de canciones populares (*Moonshadows* [123]); estudios de psicología (*Dream Imagination and Existence* de Michel Foucault); figuras del jazz, Miles Davis y Charlie Parker; personajes de la literatura infantil: Hansel and Gretel; desconstrucción de títulos de novelas canónicas: "*Fathers and daughters.*"

En resumen, se aprecian en las novelas de Corpi una serie de elementos desacostumbrados en el modelo paradigmático del género. A un nivel estructural, su empleo de una combinación de la crónica familiar, de cuatro generaciones, y elementos de las novelas gótica y bizantina con la novela policíaca, tiene que verse como algo innovador. Además de extender el marco cronológico, trae otros elementos nuevos con el hiato de dieciocho años entre la investigación inicial y su conclusión, como también a nivel narratológico, el cambio de perspectiva o voz narradora entre las dos partes. De forma paralela, aunque a nivel de discurso, debe notarse su introducción del habla peculiar a los escritos chicanos; otra novedad se aprecia en la intersección de género (sexual), clase social y política, característica del feminismo activista chicano de su autora. Como mucho de las novelas ya examinadas incorporan intertextos, su presencia ya no es novedad, aunque sean de otra índole los preferidos por Corpi. Rasgos que superficialmente podrían sugerir cierta unicidad, por ejemplo, los dones psíquicos de la protagonista, resultan al examinarse sólo variantes sobre el tema de la capacidad deductiva de Holmes, la intuición del loco, o las prendas extraordinarias del super-héroe de turno. Lo realmente novedoso de Corpi es su amalgama de todo lo antedicho.

Conclusión

ESTA INDAGACIÓN, MÁS BIEN exploratoria, no ha tratado de ser exhaustiva y es el resultado del interés que el autor ha tenido desde su niñez por un género que sólo en las últimas décadas ha recibido una perspectiva crítica relativamente positiva. No hay que olvidar con qué frecuencia se decía que la novela policíaca gozaba de gran estima popular, pero qué infrecuentemente la tomaban en serio los académicos y estudiosos de literatura. Esta exploración ha analizado algunas novelas que emulan la novela "dura" que emergió en Estados Unidos y otras que, siguiendo la tradición británica, resuelven misterios y se denominan novelas "enigma." Ambos tipos se han considerado en esta monografía bajo el apelativo de novela negra o policíaca. Todas las novelas escogidas para consideración tienen en común el haber tratado de presentar una nueva y original perspectiva del género. El mismo Vázquez Montalbán, quien sigue más fielmente los parámetros de la novela "dura," ha logrado injertar elementos novedosos en sus novelas (verbigracia, la miríada de intertextos que dialogan con el texto y el lector y los numerosos giros autorreferenciales). A lo largo del ensayo se ha establecido cómo escritores procedentes de otros contornos literarios han incidido en el género criminal, ya sea con miras experimentales o paródicas. Gonzalo Torrente Ballester, Delibes, Carlos Fuentes y Castillo Puche ejemplifican este grupo. También se han examinado un segundo grupo de escritores que podrían considerarse relativamente especializados en la novela policíaca, pero que en algunos casos han encajado elementos originales que destacan a su obra o el ejemplo examinado y por ello se han incluido en el presente estudio. Las escritoras estudiadas femenizan la novela negra por medio de protagonistas femeninos, a veces eliminando o suavizando la violencia y situaciones escabrosas típicas del género duro. Frecuentemente parodian dichas novelas a expensas del "macho." Pgarcía crea al detective gay que parodia los machos duros. Miguel Delibes y Eduardo Mendoza presentan a un loco como protagonista que consigue (o intenta conseguir) dimensiones heroicas. Lucha Corpi ofrece una perspectiva de la mujer chicana como investigadora, para citar sólo algunas notables desviaciones del paradigma.

Se puede repetir que las novelas estudiadas son una creación artística que satisface a muchos niveles intelectuales y populares por las diversas razones establecidas previamente. Varios volúmenes se han escrito sobre la posibilidad de que la novela sea un arte muerto como resultado del agotamiento y la extenuación de las posibilidades temáticas y estructurales. Sin embargo, el género negro ofrece, en contraste, una alternativa a la novela experimental y académica que requiere lectores cómplices y cultos, obligados frecuentemente a deambular y recorrer callejones textuales sin salida que llevan a obras que se construyen y desconstruyen, con consumaciones, finales abiertos y desconcertantes. El lector del género negro, aunque se vea obligado en muchos casos a participar activamente en el proceso investigador, tiene la recompensa al final del texto de saber quién es el culpable y, frecuentemente, descubrir que los malvados han sido castigados y que la justicia ha triunfado. Los viejos temas de amor, pasión, celos, envidia, lujuria, avaricia, entre muchos otros, son desarrollados con innovaciones relevantes al género y casi sin excepción satisfacen al lector. Por ello, la novela negra se lee por placer y no por deber.

Obras Citadas y Consultadas

Alvarez Blázquez, José María. *En el pueblo hay caras nuevas.* Madrid: Destinos, 1945.
Becerra, Carmen. "*Quizás nos lleve el viento al infinito*: la coherencia narrativa de Gonzalo Torrente Ballester." *Anales de la literatura española contemporánea* 9 (1984): 1-3.
Capmany, María Aurèlia. *El chaqué de la democracia.* Barcelona: Plaza & Janes, 1984.
Castillo Puche, José Luis. *Misión a Estambul.* Madrid: Emiliano Escola Editor, 982(reimpresión).
Cerezales, Manuel. *José Luis Castillo Puche.* Madrid: Ministerio de Cultura, 1982.
Colmeiro, José F. "Posmodernidad, Posfranquismo y novela policíaca." *España contemporánea* 2 (otoño 1992): 27-39.
———. Vázquez Montalbán, Manuel, pref. *La novela policíaca española: Teoría e historia crítica.* Anthropos: Siglo del Hombre Barcelona, Santa Fe de Bogota. 1994.
Corpi, Lucha. *Eulogy for a Brown Angel.* Houston: Arte Público Press, 1992.
———. *Cactus Blood.* Houston: Arte Público Press, 1995.
Davis, Mary E. "The Twins in the Looking Glass: Carlos Fuentes' *La cabeza de la hidra*"*Hispania*, Vol. 65, No 3 (septiembre, 1982): 371-376.
Delibes, Miguel. *El loco.* Madrid: Editorial Tecnos, 1953.
Díaz, Janet. *Miguel Delibes.* New York: Twayne Authors, 1971.
Espinosa, Germán. *La tragedia de Belinda Elsner.* Bogotá: Tercer Mundo Editores, (1991)
García Núñez, Fernando. "La imposibilidad del libre albedrío en *La cabeza de la hidra.*" *Cuadernos Americanos*, 252 (enero-febrero, 1984): 227-234.
Genette, Gérard. *Palimpsestos: La literatura en segundo grado.* Madrid: Taurus, 1989.
Gil Casado, Pablo. *La novela deshumanizada española (1958-1988).* Barcelona: Anthropos, 1990.
Giménez Bartlett, Alicia. *Ritos de muerte.* Barcelona: Plaza & Janés, 1996.
———. *Día de perros.* Barcelona: Grijalbo, 1997.
Knight, Stephen. *Form and Idelogy in Crime Fiction.* Bloomington, IN: IN U P, 1980
Koldewyn, Phillip. "*La cabeza de la hidra*: Residuos del colonialismo." *Mester*, Vol. 11, No. 1 (1982): 4756.
Lacruz, Mario. *El inocente* (1953). Barcelona: Planeta, 1985.
Mayoral, Marina. *Al otro lado.* Madrid: Magisterio Español, 1981.
Mendoza, Eduardo. *El misterio de la cripta embrujada.* Barcelona: Seix Barral, 1979, 1985.
———. *El laberinto de las aceitunas.* Barcelona: Seix Barral, 1982, 1984.

Navajas, Gonzalo. "Género y contragénero policíaco en *La rosa de Alejandría* de Manuel Vázquez Montalbán."*Monographic Review* 3.1-2 (1987): 247-60.

Ortiz, Lourdes. *Picadura mortal*. Madrid: Sedmay, 1979.

Palmer, Jerry. *Thrillers: Genesis and Structure of a Popular Genre*. New York: Saint Martin's Press, 1979.

Paso, Fernanado del. *Linda sesenta y siete: historia de un crimen*. México: Plaza & Janés, 1995.

Pérez Blanco, Lucrecio. "*La cabeza de la hidra* de Carlos Fuentes, novela-ensayo de estructura circular." *Cuadernos Americanos*, 221 (1978): 205-222.

Pottecher, Beatriz. *Ciertos tonos del negro*. Barcelona: Editorial Lumen, 1985.

Reis, Carlos. *Fundamentos y técnicas del análisis literario*. Madrid: Editorial Gredos, 1981.

Riera, Carmen. *Por persona interpuesta*. Barcelona: Planeta, 1989.

Thorne, Kirsten. "*El inocente* de Mario Lacruz: novela precursora social-policíaca." *Hispania* 80.1 (Marzo 1997): 31-37.

Todorov, Tzvetan. *The Poetics of Prose*. Ithaca: Cornell UP, 1977.

Torrente Ballester, Gonzalo. *La muerte del Decano*. Barcelona: Planeta, 1992.

Spires, Robert C. "Lourdes Ortiz: Mapping the Course of Postfrancoist Fiction." *Women Writers in Contemporary Spain: Exiles in the Homeland*. Ed. Joan L. Brown. Newark, DE: U of Delaware P, 1991.

Bibliografía Selecta del Género Policíaco

Acosta, Leonardo. *Novela policíaca y medios masivos* Editorial Letras Cubanas. La Habana, 1986.

Agawu-Kakraba, Yaw. "Toward a Theory of the Fantastic and the Detective Novel: Germán Sánchez Espeso's *La Mujer a la que había que matar*." *Revista Hispánica Moderna* 50.2 (1998): 402-22.

Amell, Samuel. "Literatura e ideología: El caso de la novela negra en la España actual." *Monographic Review/Revista monográfica* 3.1-2 (1987): 192-201.

———. "El motivo del viaje en tres novelas españolas de pos-franquismo." *Estudios en homenaje a Enrique Ruiz Fornells*. Ed. Juan Fernández. Erie, PA: ALDEEU, 1990. 12-17.

———. "La novela negra y los narradores españoles actuales." *Revista de Estudios Hispánicos* 20.1 (1986): 91-102.

Amoros, Andrés. "Novela policíaca." *Introducción a la novela contemporánea*. Madrid: Cátedra, 1974.

Alarcos Llorach, Emilio. "Un relato de García Pavón: 'El último sábado'." *Archivum* 25 (1975): 41-54.

Alonso, Santos. *La verdad sobre el caso de Savolta* (Guías de lectura Alhambra). Madrid: Alhambra, 1988.

Arroyo, Julia. "Encuentro con F. García Pavón." *El libro español* 12.135 (marzo 1969): 33-34.

Audien, W. H. "The Guilty Vicarage." *The Dyers's Hand*. New York: Random, 1948.

Avila-Mergil, Rosa Maria. "Decolonización del canon policíaco en la novela española femenina moderna." Diss. U. of Arizona. *DAIA* 58.11 (1998): 4290.

Bados-Ciria, Maria Concepción. "Barcelona en la novela detective de dos autores catalanes."_*Essays in Honor of Josep M. Sola-Sole: Linguistic and Literary Relations of Catalan and Castilian*. Ed. & afterword, Hintz, Suzanne S. Fwd. Everette Larson. Introd. Mario A. Rojas. New York: Peter Lang, 1996. pp: 309-18.

Bajarlía, Juan Jacobo, ed. *Cuentos de crimen y misterio*.Sin editorial y sin fecha.

Balibrea-Enríquez, Ma. Paz. "Paco Ignacio Taibo II y la reconstrucción del espacio cultural mexicano." *Confluencia: Revista Hispánica de Cultura y Literatura* 12.1 (1996): 38-55.

Barco, Pedro del. "La lógica de la cordura." *Nuevas Estafeta* 33.34 (1979): 129.

Barzum, Jacques; Taylor Herting, Wendell. *A Catalog of Crime*. New York: Harper and Row, 1921.

Becker, Jens Peter. "The Mean Streets of Europe: The Influence of the American 'Hard-boiled Schools' on Europe Detective Fiction." C. W. E. Bigsby (ed.) *Superculture. American Popular Culture and Europe*. Bowling Green, Bowling Green State Univ. Popular Press, 1979.

Bellver Catherine G. "Reseña de 'Los mares del Sur'." *World Literature Today* 55.1 (1981): 71.

Benet, Juan. "La esencia sigue igual." *Cambio 16*, 470 (1980): 176.

Benet, Vincent J. "El detective y la historia: Trama detective y metáforas del totalitarismo en el cine español contemporáneo." *Revista Canadiense de Estudios Hispánicos* 20.1 (1995):167-77.

Benito-Fernández, José. "La rebelión de las musas." *Los Cuadernos del Norte* 4.19 (1983): 76-9.

Bennet, Donna. "The Detective Story: Towards a Definition of Genre." *Journal of Poetics and Theory of Literature* 4 (1979): 223-66.

Bensoussann, Albert. "Rencontre avec Francisco García Pavón." *Les Langues Modernes* (4 julio 1971): 377-378.

Benstock, Bernard. *Essays on Detective Fiction*. Londres: The Macmillan Press Ltd., 1983.

Binyon, T. J. "Reseña de 'Murder in the Central Committee (Asesinato en el Comité Central)'." *Times Literary Supplement*. (20 julio 1984): 801.

Blas, Juan Antonio de. "Las sagas en la novela negra española." *Los Cuadernos del Norte* 8.41 (1987): 46-51.

―――. "Reseña de 'Los mares del Sur'." *Los Cuadernos del Norte* 1 (1980): 83-84.

―――. "¡Ostras, se han cargado al Carrillo!" *Los Cuadernos del Norte* 6 (1981): 97-98.

―――. "Más negra que colarada." *Los Cuadernos del Norte* 25 (1984): 92-93.

Bravo, María Elena. "Literatura de la distensión: el elemento policíaco." *Insula* 41.472 (1986): 1, 12-13.

Brunori, Vittorio. *La grande impostura. Indagine sul romanzo popular*. Venecia: Marsilio, 1978.

Cabrera Infante, Guillermo. "La ficción es el crimen que paga Poe." *Los Cuadernos del Norte* 4.19 (1983): 2-7.

Caillois, Roger. "Le roman policier." *Puissances de roman*. Marsella: Sagittaire, 1942.
Cambell, Federico. *Máscara negra*. México, D.F.: J. Mortiz, 1995.
Carcelen, J. F. y G. Tyras. "Panorama du romance noir espagnol." *HardBoiled Dicks* 20.21 (1987): 1 y ss.
Carr, John Dickson. "The Grandest Game in the World." *Nevins* 227-47.
Casino, Borja y Toni Roka. "Un madrileño en la jungla: Juan Madrid." *La luna* (1986), 40-41.
Cate-Arries, Francie. "Lost in Language of Culture: Manuel Vázquez Montalbán's Novel Detection." *Revista de Estudios Hispánicos* 22.3 (1988): 47-56.
Charney, Hanna. *The Detective Novel of Manners (Hedonism, Morality and the Life of Reason)*. Londres: Associated University Press, 1981.
Claudin, Victor. "Vázquez Montalbán y la novela policíaca española." *CHA* 416 (1985): 157-66.
———. "Plinio y las migas de Tomelloso." *Gimlet* 2 (1981): 19-23.
———. "Vázquez Montalbán se va p'al sur." *Ozono* 50 (1979): 44.
Cawelti, John G. *Adventure, Mystery, and Romance. Formula Stories as Art and Popular Culture*. U of Chicago P, 1976.
Colmeiro, José F. Vázquez Montalbán, Manuel, pref. *La novela policíaca española: Teoría e historia crítica*. Anthropos: Siglo del Hombre. Barcelona, Santa Fe de Bogotá. 1994.
———. "La narrativa policíaca posmodernista de Manuel Vázquez Montalbán." *Anales de la Literatura Española Contemporánea* 14.1-3 (1989): 11-32.
———. "Relectura de la novela policíaca: La gota de sangre de Emilia Pardo Bazán." *Hispanic Journal* 10.2 (1989): 33-48.
———. "Posmodernidad, posfranquismo y novela policíaca." *España Contemporánea* 5.2 (1992): 27-39.
———. "The Spanish Connection: Detective Fiction after Franco." *Journal of Popular Culture* 28.1 (1994): 151-61.
Coma, Javier. *La novela negra: Historia de la aplicación del realismo crítico a la novela policíaca norteamericana*. Barcelona: Ed. 2001, 1980.
———. "Cuando los detectives privados no juegan." *Gimlet* 13 (1982): 41-5.
———. "La novela negra." *Los Cuadernos del Norte* 4.19 (1983): 38-45.
———. *Diccionario de la novela negra norteamericana*. Barcelona: Anagrama, 1986.
———. *Diccionario del cine negro*. Barcelona: Plaza y Janés, 1990.
———. "Los cadáveres históricos." *Gimlet* 4 (1981): 23.
Compitello, Malcom Alan. "Juan Benet and the New Spanish Novela negra." *Monographic Review* 3.1-2 (1987): 212-20.
———. "Spain's Nueva novela negra and the Question of Form." *Monographic Review* 3.1-2 (1987): 182-91.
Conte, Rafael. "Tres actitudes frente a la crisis: Castillo Puche-Váz de Soto-Mendoza." *Ínsula* 347 (1975): 5.
———. "En busca de la novela perdida." *Ínsula* 464.465 (1985) 1 y ss.
Costa Vila, Jordi. "El autor contra su ciudad." *Quimera* 66.67 (1987): 39-41.
Costa, Luis F. "La nueva novela negra española: El caso de Pepe Carvalho." *Mono-

graphic Review/Revista Monográfica 3.1-3 (1987): 298-305.
Craig-Odders, Renee. "Realismo Crítico and Narrative Strategy in Post-Franco Spain Detective Fiction: The Case of Andreu Martin." *Romance Languages Annual* 8 (1996): 417-23.
———. "The Detective Novel in Post-Franco Spain: An Anatomy of Social Protest." Diss. Northwestern U. Ann Arbor, MI. (1993): 3A.
Díaz, César E. *La novela policíaca*. Barcelona: Plaza y Janés, 1990.
Díaz-Plaja, Guillermo. "*Las hermanas coloradas*, F. García Pavón." *Cien libros españoles*. Madrid: Anaya, 1971.
Domingo, José. "F. García Pavón: *Historias de Plinio* y *El reinado de Witiza*." *Ínsula* 262 (1968): 5.
———. "F. García Pavón: 'El rapto de las Sabínas'." *Ínsula* 275-276 (1969): 24-25.
Domínguez, Toni. "Juan Madrid y la novela negra." *Cartelera Turia* (27 julio 1987): 1 y ss.
Eden, Rick A. "Detective Fiction as Satire." *Genre* 16 (1983): 279-295.
Einsenzweig, Uri. "Chaos et Maitrise: Le discours romanesque de la méthode policière." *Michigan Romance Studies* 2 (1982): 139-163.
———. "Presentation du genre." *Littérature* 49 (febrero 1983): 16-22.
Englekin, John Eugene. *Edgar Allan Poe in Hispanic Literature*. New York, Instituto de las Españas, 1934.
Fernandez-Colmeiro, José. "Historia crítica de la novela policíaca española." Diss. Ann Arbor, MI. DAI 50.10 (1990): 3245A-6A.
Font, Domenec. "Sobre la novela policíaca de Vázquez Montalbán: Paisajes en ruinas." *Quimera* 42 (1984): 54-55.
Gándara, Alejandro. "Verbalmente ciegos." *Insula* 464.465 (1985): 12.
García Pavón, Francisco. "Breve viaje a mi obra narrativa." *Prosa novelesca actual*. 2 vols., Santander: Universidad Internacional Menéndez Pelayo, 1968.
Gazier, Michéle. "Le Roman policier comme aventures impossibles." *Tigre* 2 (1985): 149-156.
———. "Pepe Carvalho, un détective au service de la mémoire." *Hard-Boiled Dicks* 20.21 (1987): 55-60.
Giardinelli, Mempo. *El género negro*. 2 vol., México: Universidad Autónoma Metropolitana, 1984.
Gide, André. *Journal d'André Gide*. Paris: Gallimard, 1950.
Gómez Galán, Antonio. "El 'Premio Nadal' 1969." *Arbor* 75.291 (1970): 118-119.
González Ledesma, Francesc. "La prehistoria de la novela negra." *Los Cuadernos del Norte* 8.41 (1987): 10-14.
Granados, Vicente. "Pepe Carvalho y su época." *Nueva Estafeta* 29 (1981): 70-74.
———. "Pepe Carvalho en Madrid." *Nueva Estafeta* 33-34 (1981): 107.
Grella, George. "Murder and Manners: the Formal Detective Novel." Larry Landrum et al., 146-198.
Gubern, Román. *La novela criminal*. Barcelona: Tusquets, 1970.
———. *La novela policíaca*. Barcelona: Ediciones del Cotal, 1979.
Guinazzo, Leonora. "Reseña de 'Las hermanas coloradas'." *Hispania* 54.2 (1971): 394-

395.
Gutiérrez Carbajo, Francisco. "Caracterización del personaje en la novela policíaca." *Cuadernos Hispanoamericanos* (mayo 1981): 320-37.
Harper, Ralph. *The World of the Thriller.* Cleveland: The Press of Case Western Reserve Univ., 1969.
Hart, Patricia. *The Spanish Sleuth: The Detective in Spanish Fiction.* Fairleigh Dickson University Press, 1987. pp. 252.
———. "Charon Still Waiting: Narrative Techniques in *Caronte aguarda*, by Fernando Savater." *Revista de Estudios Iberoamericanos* 10.2 (1993): 119-28.
———. "An Introduction to the Spanish Sleuth." *Monographic Review/Revista Monográfica* 3.1-2 (1987): 163-81.
———. "Breve noticia de la novela-noticia." *Quimera* 78.79 (1988): 46-49.
Haycraft, Howard (ed.). *Murder for Pleasure.* New York: Biblo and Tannen, 1972.
———. *The Art of the Mystery Story.* New York: Simon and Schuster, 1946.
Hickey, Leo. "The Incongruence Factor in Eduardo Mendoza's 'Ceferino' Novels." Ed., Rob Rix; *Leeds Papers on Thrillers in the Transition: 'Novela negra" and Political Change in Spain.* Trinity and All Saints Coll. 1992. pp. 75-104.
Hoppenstand, Gary C. *In Search of the Paper Tiger. A Sociological Perspective of Myth Formula and the Mystery Genre in the Entertainment Print Mass Medium.* Bowling Green: Bowling Green Sate University Popular Press, 1987.
Iglesias Laguna, Antonio. "Un Plinio más humano." *La Estafeta Literaria* 445-446.
King, Charles, C. "Intrahistory and History: García Pavón's Autobiographical Short Stories." *Hispanófila* 87 (1986): 53-68.
———. "Francisco García Pavón: una reseña bio-bibliográfica." *Crítica Hispánica* 8.2 (1986): 153-157.
King, Charles L. "Poetic Realism in García Pavón's Detective Novels." *Monographic Review* 3.1-2 (1987): 238-46.
Klein, Kathleen Gregory and Joseph Keller. "Deductive Detective Fiction: The Self-Destructive Genre." *Genre* 19 (1986): 155-172.
Laín Entralgo, Pedro. "Historia y sociología de la Novela Policíaca." *El español* (18 septiembre 1943): 16 y ss.
———. "Ensayos sobre la novela policíaca." *Vestigios: Ensayos de crítica y amistad.* Madrid: Epesa, 1948.
Landeira, Ricardo.*El género policíaco en la literatura española del Siglo XIX.* Alicante: Universidad de Alicante, 2001.
Landrum, Larry N., et al. *Dimensions of Detective Fiction.* Bowling Green: Bowling Green State Univ. Popular Press, 1976.
Latorre, José María. "Prólogo para un cine policíaco español." *Gimlet* 7 (1981): 69-71.
———. "Cine negro español." *Gimlet* 5 (1981): 42.
———. "Novelas de todos los colores." *Cambio 16* 883 (1988): 115.
Lissorgues, Yvan. "La novela detectivesca española actual: Un posiblismo realista." *Asociación Internacional de Hispanistas,* U. of California, Irvine. 1994, pp. 173-82.
Macchi, Yves. "Pepe Carvalho: une construction dialectique." *Tigre* 2 (1985):181-196.
Madden, David. *Tough Guy Writers of the Thirties.* Carbondale: Southern Illinois U. P.,

1968.
Mandel, Ernest. *Delightful Murder. A Social History of the Crime Story.* Londres: Pluto Press, 1984.
McGovern, Lynn. "A 'Private I': The Birth of a Female Sleuth and Role of Parody in Lourdes Ortíz's *Picadura mortal.*" *Journal of Interdisciplinary Literary Studies* 5.2 (1993): 251-79.
Michael, Ian. "From Scarlet Study to *novela negra*: The Detective Story in Spanish." Ed., Rob Rix. *Leeds Papers on Thrillers in the Transition: "Novela negra" and Political Change in Spain.* Trinity and All Saints Coll., Sheffield, Eng. 1992. pp. 17-47.
Mira, Juan José. *Bibliografía de la novela policíaca.* Barcelona: AHR, 1956.
Molinero, Miguel Ángel. "Montalbán canta 'La bien pagá'." *Blanco y Negro* (24 octubre 1979): 52-53.
Montesinos, José F. "Imperfect Myths. Being an Observation on Detective Stories by a Continental Reader." *Chimera* 5 (1947): 2-11.
Most, Glenn N. y W. W. Stowe (eds.) *The Poetics of Murder. Detective Fiction and Literary Theory.* New York: Harcourt Brace Jovanovich Publishers, 1983.
Muñoz, Diego. "Omero Antonutti será el nuevo detective creado para el cine por Vázquez Montalbán." *El País* (2 noviembre 1990): 27.
Murch, A. E. *The Development of the Detective Novel.* New York: Philosophical Library, 1958.
Navajas, Gonzalo. "Modernismo, posmodernismo y novela policíaca: *El aire de un crimen* de Juan Benet." Eds., Juan Fernández Jiménez, José J. Herraiz-Labrador, L. Teresa Valdivieso; pref. Ciriaco Morón Arroyo. *Estudios en homenaje a Enrique Ruíz-Fornells.* Erie, PA: Asociación de Licenciados & Doctores Españoles en Estados Unidos, 1990. pp. 446-52.
———. "Género y contragénero policíaco en *La rosa de Alejandría* de Manuel Vázquez Montalban." *Monographic Review* 3.1-2 (1987): 247-60.
Nogueras, Luis Rogelio. *Por la novela policíal.* La Habana: Editorial Arte y Literatura, 1982.
Nora, Eugenio de. *La novela española contemporánea.* 3 vols., Madrid: Gredos. 2.2 (1968): 306-09.
Paredes Núñez, Juan. *La novela policíaca española.* Madrid: Universidad de Granada, 1989.
Plans, Juan José. "Historia de la novela policíaca." *Cuadernos Hispanoamericanos* 236 (1969): 421-43; 237 (1969): 675-99.
Planells, Antonio. "El género policíaco en Hispanoamerica." *Monographic Review* 3.1-2 (1987): 148-62.
———. "El género detective en Hispanoamérica." *RIB* 36 (1986): 460-72.
———. "El detective literario: Panorámica del género policíaco de Poe a Borges." *Escritura.* 10.19-20 (1985): 71-101.
Pinto, Margarita. "Reseña de 'Los mares del Sur'." *Revista de la Universidad de México* 9 (1980): 41-42.
Puvogel, Sandra Jean. "The Detective Fiction of Manuel Vázquez Montalbán." Diss.

Ann Arbor, MI. *DAI* 48.12 (1988): 3123A.

———. "Pepe Carvalho and Spain: A look at the Detective Fiction of Manuel Vázquez Montalbán." *Monographic Review* 3.1-2 (1987): 261-67.

Ortíz-Calderón, José Javier. "La serialización del detective privado en las novelas de Pgarcía, Juan Madrid, Jorge Martínez Reverte y Pedro Casals Aldama." Diss. U of North Carolina, Chapel Hill. (1998): 2537.

Rainov, Bogomil. *La novela negra*. Carlos Ramos Machado (Trans.) Editorial Arte y Literatura, La Habana, 1978.

Resina, Joan Ramón. "La figura del criminal en las novelas políticas de Manuel Vázquez Montalbán." *Indiana Journal of Hispanic Literatures* 2.2 (1994): 227-40.

———. "Desencanto y fórmula literaria en las novelas policíacas de Manuel Vázquez Montalbán." *MLN* 108.2 (1993): 254-82.

Rich, Lawrence. "Antonio Muñoz Molina's *Beatus ille* and *Beltenebros*: Conventions of Reading the Postmodern Anti-Detective Novel." *Romance Langues Annual* 6 (1994): 577-80.

Rodríguez Alcalde, Luis. "Novela policíaca de ayer, novela negra de hoy." *Hora actual de la novela en el mundo*. Madrid: Taurus, 1959; 331-45.

Rosal, Juan del. *Crimen y criminal en la novela policíaca*. Madrid: Instituto Editorial Reus, 1947.

Rogers, Paul Patrick. "Sherlock Holmes on the Spanish Stage." *The Modern Language Forum* 16.3 (1931): 88-90.

Saladrigas, Roberto. "Monólogo con Mario Lacruz." *Destino* 1.788 (1972): 45-46.

Santinsky, Deborah Joy. "Reading the Novela Negra: Detective Fiction in Post-Franco Spain." Diss. Yale U. Ann Arbor, MI. *DAIA* 58.5 (1997): 1741.

Savater, Fernando. "Novela detectivesca y conciencia moral." *Los Cuadernos del Norte* 4.19 (1983): 8-12.

Schaefer-Rodríguez, Claudia. "On the Waterfront: Realism Meets the Postmodern in Post-Franco Spain's *novela negra*." *Hispanic Journal* 11.1 (1990): 133-46.

Schléret, Jean Jacques. "Filmographie de Manuel Vázquez Montalbán." *Hard-Boiled Dicks* 20-21 (1987): 99-101.

Sebold, Russel P. "Impostura, antihistoria y la novela policíaca en *Ni rey ni roque* de Escosura." *Salina: Revista de Letras* 11 (1997): 69-75.

Sheehan, Robert Louis. "El elemento detectivesco en los dramas de Buero Vallejo." *Revista de Estudios Hispánicos* 16.1 (1982): 89-102.

Sigal, Léon. "Carvalho privado." *Tigre* 2 (1985): 195-218.

———. "Dossier Carvalho, un fil(s) à retordre." *Hard-Boiled Dicks* 20.21 (1987): 61-75.

Sklodowska, Elizbieta. "Transgresión paródica de la fórmula policíal en la novela hispanoamericana." *Hispanica Posnaniensia* 1 (1990): 171-83.

Sobejano-Morán, Antonio. "La novela metafictiva antipolicíaca de Luis Goytisolo: *La paradoja del ave migratoria*." *Bulletin Hispanique* 93.2 (1991): 423-38.

Stamm, James R. "Reseña de 'Nuevas Historias de Plinio'." *Hispania* 55.4 (1972): 970-971.

Stavans, Ilan. "Detectives en Latinoamérica." *Quimera: Revista de Literatura* 73 (1988): 24-7.

———. "An Appoinment with Hector Belascoaran Shayne, Mexican Private Eye: A Profile of Paco Ignacio Taibo II." *Review* 42 (1990): 5-9.
Suñén, Luis. "Narrativa española: Manuel Vázquez Montalbán y Fernando Quiñones." *Ínsula* 398 (1980): 5.
Talbot, Lynn K. "The Politics of a Female Detective Novel: Lourdes Ortíz's *Picadura mortal*." *Romance Notes* 35.2 (1994): 163-69.
Tebar, Juan. "Novela criminal española de la transición." *Insula* 40.464-65 (1985): 4.
Téna, Jean. "Une ville-métaphore entre désir et réalité." *Hard-Boiled Dicks* 20.21 (1987): 83-88.
Tiberghien, G. A. "Autopista de la novela policíaca." *Quimera* 38 (1984): 57.
Tovar, Atonio. "El detective Plinio." *Novela española e hispanoamericana* Madrid: Alfaguara, 1972.
———. "Evolución futura en García Pavón." *La Estafeta Literaria* 498 (1972): 13-15.
Trenes, Pilar. "Manuel Vázquez Montalbán, ganador del premio Planeta." *ABC* (25 octubre 1979): 18.
Valles Calatrava, José R. *La novela criminal española*. Universidad de Granada, España, 1991.
———. *La novela criminal*. Departamento de Arte y Literatura, Instituto de Estudios Almerienses de la Diputación de Almería, 1990.
Vance, Birgitta. "The Great Clash: Feminist Criticism Meets Up With Spanish Reality." *Journal of Spanish Studies: Twentieth Century* 2.2 (1974): 109-114.
Vázquez Montalbán, Manuel. "Contra la novela policíaca." *Insula* 44.512-13 (1989): 9.
Vázquez Zamora, Rafael. "El reinado de Witiza." *Destino* (29 junio 1968): 32-33.
Vázquez de Parga, Salvador. *La novela policíaca en España*. Editorial Ronsel: Barcelona ES., 1993.
———. "La novela policíaca española hasta 1975." *Gimlet* 7 (1981): 61-65.
———. "La novela policíaca española." *Los Cuadernos del Norte* 4.19 (1983): 24-37.
———. *Los mitos de la novela criminal*. Barcelona: Planeta, 1981.
———. "El origen de la novela negra." *Los Cuadernos del Norte* 8.41 (1987): 42-45.
———. "Viaje por la novela policíaca actual." *El Urogallo* 9.10 (1987): 20-25.
———. "Detectando detectives." *Gimlet* 12 (1982): 80.
Vecino, D. "Alrededor de la novela policíaca." *El Español* (27 noviembre 1943), 16.
Vidal Santos, M. "La crónica del posfranquismo: al borde de una frustración colectiva." *Camp de l'Arpa* 76 (1980): 57-58.
White, Anne. "Conventions and Contraventions: Juan Marsé and the *novela negra*." Ed., Rob Rix; *Leeds Papers on Thrillers in the Transition: "Novela negra" and Political Change in Spain*. Trinity and All Saints Coll. 1992. pp, 105-22.
Yang, Chung-Ying. "The Detective Genre in the Narrative of Eduardo Mendoza." Diss. Ohio State U. *DAIA*. 59.10 (1999): 3840-41.
Yates, Donald A. *El cuento policial latinoamericano*. México: Ed. de Andrea, 1964.
Young, Richard A. "Detective Novels and Argentinians in Luisa Valenzuela's *Novela negra con argentinos*." *Antipodas* 6-7 (1994-95): 191-203.
Zatlin, Phyllis. "Detective Fiction and the Novels of Mayoral." *Monographic Review* 3.1-2 (1987): 279-87.

Printed in the United States
132641LV00007B/156/A